# O MUNDO DO SEXO

# O MUNDO DO SEXO

# HENRY MILLER

Tradução de
ROBERTO MUGGIATI

2ª edição

Rio de Janeiro, 2019

CIP-BRASIL. CATALOGAÇÃO NA PUBLICAÇÃO
SINDICATO NACIONAL DOS EDITORES DE LIVROS, RJ

M592m
2ª ed.

Miller, Henry
O mundo do sexo / Henry Miller; tradução de Roberto Muggiati. – 2ª ed. – Rio de Janeiro: José Olympio, 2019.

Tradução de: The world of sex
ISBN 978-85-03-01356-7

1. Ficção americana. I. Muggiati, Roberto. II. Título.

19-57649

CDD: 813
CDU: 82-3(73)

Vanessa Mafra Xavier Salgado – Bibliotecária – CRB-7/6644

Copyright © Henry Miller, 1959. Espólio de Henry Miller. Todos os direitos reservados.

Título original em inglês: The world of sex

Todos os direitos reservados. Proibida a reprodução, armazenamento ou transmissão de partes deste livro, através de quaisquer meios, sem prévia autorização por escrito.

Texto revisado segundo o novo Acordo Ortográfico da Língua Portuguesa.

Reservam-se os direitos desta tradução à
EDITORA JOSÉ OLYMPIO LTDA.
Rua Argentina, 171 – 3º andar – São Cristóvão – 20921-380 – Rio de Janeiro, RJ – Tel.: (21) 2585-2000

Impresso no Brasil

ISBN 978-85-03-01356-7

Seja um leitor preferencial Record.
Cadastre-se em www.record.com.br
e receba informações sobre nossos
lançamentos e nossas promoções.

EDITORA AFILIADA

Atendimento e venda direta ao leitor:
sac@record.com.br

# Sumário

Apresentação: Literatura ou pornografia? 7
Prefácio do autor 17
O mundo do sexo 19

# Apresentação

# Literatura ou pornografia?

Henry Miller é hoje mais que um escritor mundialmente famoso. É mais que um grande cartaz. É uma bandeira. Só quanto à cor dessa bandeira subsistem dúvidas teimosas. Para uns, Henry Miller é um apóstolo da liberdade. Para outros, Henry Miller é um sedutor diabólico. O problema é este: seus livros seriam grandes obras de arte ou seus livros seriam um acúmulo monótono de descrições sordidamente sexuais?

Literatura ou pornografia?

Essa questão — literatura ou pornografia? — ocupa há muito os críticos literários. Também foi levantada em relação a certos capítulos de *Les Mandarins*, de Simone de Beauvoir, e de *The Group*, de Mary McCarthy, embora a experiência demonstre que pornografia nunca foi escrita por mulheres; é, por definição, uma ocupação masculina. Já basta isso para revelar que a questão "literatura ou pornografia?" não é um problema propriamente literário. Mas que vem a ser? É um problema jurídico. Essa questão não costuma ser discutida nas Academias de Letras, mas perante os tribunais. É um caso de supressão de liberdade e, portanto, um caso de polícia.

O negócio começou há 100 anos e poucos meses. No dia 7 de fevereiro de 1857, o primeiro processo: em Paris, perante o Tribunal Correctionnel de la Seine, estavam acusados Gustave Flaubert e seu editor, porque em um dos capítulos de *Madame Bovary* a infeliz heroína do romance se despe perante os olhos do seu amante. O promotor público disse aquilo que desde então inúmeros promotores públicos em muitos países têm dito: que uma cena dessas se repete diariamente em milhares e milhões de casas, mas que aquilo que todos sabem e todos fazem não deve ser comunicado ao público em letras de forma porque "excita leitores juvenis e corrompe os costumes". O advogado, *maître* Sénard, nem se dignou de responder a essa acusação. Limitou-se a dizer que Gustave Flaubert é um grande escritor e que não são os grandes escritores que corrompem os costumes já corrompidos. E a pobre Madame Bovary foi postumamente absolvida.

Esse critério do valor literário parece muito bom. Mas não adiantava. Pois os processos se repetiram sempre, desde então, e nem sempre acabaram bem. A polícia e a Justiça de todos os países agiram como se quisessem proibir metade da literatura universal e só deixar em circulação a literatura infantil. Nos Estados Unidos, o Departamento dos Correios encarregou-se da censura, impedindo a remessa de livros "lascivos", e a poderosa "Sociedade de supressão do vício", liderada por um homem que mais tarde foi condenado por um "atentado ao pudor", aterrorizou os livreiros. Foram necessárias duas grandes guerras para demonstrar que há coisa pior para combater que livros "imorais". E foi justamente nos Estados Unidos que o muro começou a desabar. O pedreiro foi o juiz John M. Woolsey, da United States Southern District Court of New York: declarou em 6 de dezembro de 1933 que as recordações de saias levantadas etc., no monólogo final de Molly, em *Ulysses*, de Joyce, não o tinham "excitado" nem o fizeram esquecer o alto valor literário da obra; e liberou o livro.

Esse heroísmo do juiz americano não chegou a desanimar os censores ingleses. Pois em *Ulysses* só se trata de palavras, mas Lady Constance Chatterley, no romance de D. H. Lawrence, é culpada de atos, descritos com certas minúcias. Durante trinta anos, o livro só foi vendido "debaixo do balcão". Quando a editora Penguin resolveu publicá-lo, houve processo. O juiz foi hostil, dando explicações menos imparciais aos jurados. Mas não podia contra a falange impressionante de peritos chamados pela defesa — os críticos literários Helen Gardner, Joan Bennett, Rebecca West, Richard Hoggart, o grande romancista E. M. Forster, o próprio bispo de Woolwich, que, todos eles, atestaram o alto valor literário do livro. E em 2 de novembro de 1960 foi a adúltera Lady Chatterley absolvida.

Desde então, não houve outra vez maiores obstáculos. A grande categoria literária de autores como Flaubert, Joyce e

Lawrence vencera as resistências. Mas, enfim, chegou a vez de um livro que levara há duzentos anos a existência escondida de uma obra propriamente pornográfica. Tratava-se da famosa *Fanny Hill, Memoirs of a Woman of Pleasure*, clandestinamente publicada em 1749 e desde então nunca abandonada pelos editores, livreiros e todos os admiradores da prostituição. Em 1963, a respeitadíssima editora norte-americana Putnam resolveu publicar o romance. Logo, os cinco District Attorneys ou promotores públicos de New York se movimentaram. Presidiu o tribunal o "Supreme Court Judge" Arthur G. Klein. A defesa citou as inúmeras edições feitas durante 214 anos, para demonstrar a total ineficiência da proibição. Exibiu o exemplar da New York Public Library que tinha pertencido ao puritaníssimo governador Samuel J. Tilden e por ele copiosamente anotado. Tudo em vão. A "pornografia" é uma questão de polícia e dos textos legais. Durante dias discutiram-se as cinco definições de "obscenidade" no artigo 22 do Código Criminal do Estado de New York: o "social value test", mas o valor social da senhorita Fanny Hill não foi aquele em que o legislador pensava; o "prurient interest test", mas Fanny é mesmo "prurient", isto é, excitante; o "patently offensive test", mas é verdade que Fanny é uma ofensa para todos os puritanos. Enfim, a defesa chamou os peritos e agora o promotor acredita ter vencido, pois as histórias da literatura nem sequer mencionam o livro; mas os críticos Louis Untermeyer, Donald Adams, Eric Bentley e o reverendo cônego Van Meter afirmaram tratar-se de um clássico da língua inglesa. A editora Putnam foi absolvida, Fanny Hill saiu da prisão a "free woman". Foi uma vitória decisiva. Pouco depois se publicaram os livros, há 30 anos proibidos, de Henry Miller; o processo já foi perfunctório. Eis aqui *Sexus, Nexus, Plexus*, os *Trópicos de Câncer* e *de Capricórnio* e *O mundo do sexo*. E críticos de todos os países têm atestado, a esses livros ex-proibidos, o alto valor literário.

Vamos tirar a conclusão: um livro de que constam descrições de atos da vida sexual já não é considerado pornográfico quando tem valor literário. Mas quando tem um livro valor literário? Edmund Wilson, André Malraux e outros tantos conhecedores do *métier* literário têm altamente elogiado os livros de Henry Miller. Mas ninguém está obrigado a confiar neles. Os julgamentos de valor sempre são subjetivos. Prefiro determinar, em vez do valor, a posição histórica de Miller; e não me limitarei, como fez Wilson, a defini-lo como um dos típicos "americanos expatriados em Paris, vivendo na Rive Gauche, preocupados só com beber e fornicar, ocasionalmente lendo um livro ou visitando uma exposição de quadros, uma vida que sustentam por meio de expedientes e tomando emprestado dinheiro dos seus patrícios". Pois esse grupo de americanos da Rive Gauche está há muito extinto, mas a importância histórica de Henry Miller continua e só agora se revela com clareza.

Miller é um escritor muito original: a sequência dos seus livros constitui uma grande autobiografia assim franca como ninguém jamais escreveu uma; na sua adoração profundamente romântica do sexo sempre há nuanças de um humorismo picaresco e pitoresco. Mas Miller também é um tipo. É o representante típico da revolta norte-americana contra o puritanismo norte-americano, que considerava todo e qualquer prazer como pecado e só admitia o prazer de masoquista, cultivando seus complexos, frutos do instinto reprimido. É ele o último de uma grande série, o último e o vencedor definitivo.

Poderia citar o grande crítico Huneker, que em seu romance *Painted Veils* descreveu as orgias geralmente conhecidas e nunca admitidas dos ricaços de New York; ou Cabell, cujo romance erótico-fantástico *Jurgen* inspirou indignação aos puritanos. Também poderia citar Henry Adams, Ben Hecht e outros. Mas trata-se de intelectuais europeizados. A origem espiritual de Henry Miller é outra: é a revolta de americanos típicos contra a hipocrisia e contra os tabus das pequenas cidades do Middle-West e mesmo da bem-pensante pequena-burguesia de cidades como New York e Philadelphia. A primeira manifestação dessa revolta foi, em 1882, o romance *The Story of a Country Town*, de Edgar W. Howe. Depois veio o grande Theodore Dreiser, cujo primeiro livro foi banido. Depois, Sherwood Anderson, o autor de *Winesburg, Ohio*. E Floyd Dell. E Evelyn Scott, que em seu romance *Escapade* descreveu sua fuga para o Brasil, com o amante, porque nos Estados Unidos não toleravam relações tão "imorais". Mas os tempos mudaram. A Primeira Guerra Mundial levou muitos americanos para a França, onde conheceram outra vida. E na Europa também chegaram a conhecer a psicanálise de Freud, do grande libertador que nos conquistou a liberdade de dizer tudo e com franqueza.

Foi este o caminho de Henry Miller, fugindo da hipocrisia puritana para Paris. Ali conquistou a liberdade sexual, mas por um preço alto: durante anos e anos o perseguiu a censura de todos os países, banindo-lhe as obras e deixando-o vegetar na maior miséria. Hoje, Henry Miller é um velho. Mas já conhece, enfim, a glória.

Miller percorreu o caminho dos outros até o fim, radicalmente: os volumes sucessivos de sua autossexobiografia, com licença do neologismo, são sua vida vivida, exatamente descrita. Será que ele disse demais?

No romance de ficção científica *Last and First Men* (1931) descreveu o inglês William Olaf Stapledon uma sociedade imaginária na qual o tabu não atinge o sexo, mas o ato de comer: os homens e mulheres, naquela sociedade fantástica, estão proibidos de comer publicamente, devem esconder-se para alimentar-se e a lei proíbe severamente falar sobre sopas, bifes, legumes e sobremesas, por tratar-se de necessidades biológicas, intrinsecamente "indecentes". A paródia é boa. Mas não explica a raiz das coisas. Durante séculos e séculos, desde o fim da Antiguidade greco-romana, o sexo estava "proibido" e o tabu garantido por um verdadeiro mito: o mito do amor. É este o "mito do Ocidente", desde os trovadores, desde Petrarca, desde Tristão e Isolda. O amor era considerado coisa tão elevada, tão sublime que seria blasfêmia misturá-la com sexo — ou dizer que o amor é mesmo o sexo sublimado. Hoje, esse mito está minado: reconhecem-se os direitos do sexo ao lado do amor e dentro do amor. Mas Henry Miller foi mais radical: seu tema é o sexo mesmo sem amor. Esse radicalismo de Miller é uma ameaça contra o que resta dos tabus antissexuais. Mas também é uma ameaça contra outros tabus e contra toda uma falsa ordem do mundo.

O sociólogo americano Steven Marcus acaba de publicar um livro, *The Other Victorians*, em que estudou com paciência angelical a abundante literatura pornográfica inglesa do tempo da rainha Victoria. Do tempo da rainha Victoria? Daquele tempo em que os romancistas conheciam e descreveram só uma forma de amor, o casamento? Do tempo em que, em boa sociedade e na presença de *ladies*, não se mencionavam as pernas de uma mesa, porque a própria palavra "perna" passava por indecente? Foi o tempo em que circulavam, na Inglaterra, inúmeros livros realmente pornográficos. E por bons motivos — porque diziam a verdade. Dickens, o casto Dickens que descreveu em seus romances toda a miséria da época da industrialização sem mencionar jamais a prostituição, esse Dickens foi na realidade amante de prostitutas. A Inglaterra industrial e capitalista do século XIX comprou tudo e vendeu tudo, mas a hipocrisia não permitiu aludir à venda e compra de corpos nas ruas de Londres. No entanto, como Steven Marcus observa com razão, a literatura pornográfica dos victorianos revela a verdade escondida. A luta contra os tabus antissexuais só será necessária enquanto subsistir a falsa ordem (ou desordem) do mundo capitalista.

Enquanto essa falsa ordem existir, não se tolerará a verdade; e haverá processos contra obras literárias caluniadas como sendo pornográficas. Nesses processos, sempre a defesa citará, como contra-argumento, o valor literário das obras denunciadas e proibidas. O valor literário, sim. O argumento é bom, mas é insuficiente. Às vezes, esse argumento literário não passa mesmo de um pretexto para defender-se contra o terrorismo da polícia, da Justiça e da chamada opinião pública. A resposta mais certa deu o Supremo Tribunal da Noruega, em maio de 1958, julgando o processo contra o romance *A canção do rubi vermelho*, de Agnar Mykle, denunciado por descrever "manipulações com os órgãos sexuais e cópulas em várias posições". Decidiram os juízes noruegueses que nem o valor literário de um livro nem a decência ou indecência de um escritor são argumentos no processo contra a liberdade de falar, garantida pela Constituição daquele país democrático. A liberdade, diziam os juízes de Oslo, é mais importante que a defesa da moralidade de solteironas e de hipócritas.

Neste sentido, Henry Miller não é um sedutor diabólico, mas um apóstolo da liberdade.

Otto Maria Carpeaux<br>
Rio de Janeiro, fevereiro de 1968

# Prefácio do autor

A versão original deste livro foi publicada privadamente por um homem que já morreu. Quantos exemplares foram impressos e vendidos jamais pude saber. O livro circulou clandestinamente e não houve registros de sua venda. Pelo menos, nunca recebi nenhum.

Com a morte do editor, o livro ficou esgotado. Como nunca chegou a ser amplamente conhecido e nenhum editor na Inglaterra ou nos Estados Unidos se mostraria propenso a republicá-lo, decidi providenciar uma nova edição na França, onde todos os livros proibidos com a minha assinatura foram publicados e ainda o são.

No entanto, antes de confiá-lo ao correio, achei prudente reler o que tinha escrito tanto tempo atrás.* Ao lê-lo, comecei (quase involuntariamente) a fazer mudanças e correções, sem sonhar no que estava embarcando. Se o leitor examinar as reproduções neste volume, verá com que entusiasmo quase diabólico mergulhei neste trabalho de revisão.

---
* Em 1940.

No meio do caminho, ocorreu-me que poderia interessar aos leitores, particularmente àqueles que têm curiosidade sobre as elucubrações de um autor, colocar as duas versões lado a lado.*

Deveria acrescentar que, como existe uma discrepância aparente entre as páginas novas e as corrigidas, fiz outra revisão completa que não é mostrada aqui, mas da qual deriva esta nova versão impressa. O esforço que a segunda revisão exigiu foi maior, mas ainda mais excitante do que aquele da primeira tentativa.

Deveria acrescentar também que o propósito primeiro de alterar o texto original não foi modificar o pensamento, mas clarificá-lo. Espero não ter fracassado.

Henry Miller

---

* Devido à baixa qualidade gráfica dos originais, só foi possível reproduzir algumas páginas. (*N. da E.*)

# O mundo do sexo

O grosso dos meus leitores, tenho observado com frequência, recai em dois grupos distintos: num grupo, aqueles que se dizem repelidos ou enojados com a dosagem liberal de sexo e, no outro, aqueles que se deleitam ao ver que este elemento forma um ingrediente tão amplo. O primeiro grupo inclui muitos que consideram os estudos e ensaios não só recomendáveis mas soberbamente ao seu gosto e, portanto, têm dificuldades em explicar como o mesmo indivíduo poderia produzir obras tão vastamente dissimilares. No segundo grupo estão aqueles que professam se aborrecer com o que chamam de meu lado sério e que, consequentemente, derivam prazer em denunciar todo indício deste lado como porcaria, baboseira e misticismo. Apenas poucas almas com discernimento parecem capazes de reconciliar os aspectos supostamente contraditórios de um ser que se esforçou para que nenhuma parte sua deixasse de aparecer em sua obra escrita.

Por outro lado, considero que, por mais violentamente desagradável que seja a reação de um leitor à obra escrita, quando nos encontramos face a face, ele geralmente acaba me aceitando irrestritamente. Dos muitos confrontos que tive com meus leitores, parece que as antipatias são rapidamente desfeitas na presença viva de um autor. Experiências repetidas desse tipo me levaram finalmente a acreditar que, quando eu for capaz de fazer com que a palavra escrita transmita a plena essência da verdade e da sinceridade, deixará de existir qualquer discrepância entre o homem e o escritor, entre o que sou e o que faço ou digo. Esta, em minha modesta opinião, é a meta maior que um autor pode se propor. O mesmo objetivo — a unificação — está implícito em toda busca religiosa. Talvez, sem o saber, eu sempre tenha sido uma pessoa religiosa.

Quanto a definir se o sexual e o religioso são conflitantes e opostos, eu responderia assim: todo elemento ou aspecto da vida, por mais necessitado, por mais questionável (para nós), é suscetível de conversão e deve mesmo ser convertido a outros níveis, em conformidade com nosso crescimento e compreensão. O esforço para eliminar os aspectos "repulsivos" da existência, a obsessão dos moralistas, é não só absurdo como fútil. Podemos reprimir pensamentos, desejos, necessidades e impulsos feios e "pecaminosos", mas os resultados são patentemente desastrosos. (Entre ser um santo e ser um criminoso existe pouca escolha.) Viver na prática nossos desejos, e, ao fazê-lo, sutilmente alterar sua natureza, é o objetivo de todo indivíduo que aspira evoluir. Mas o desejo é supremo e inerradicável, mesmo quando, como expressam os budistas, ele se transfere para o seu oposto. Para se libertar do desejo, é preciso *desejar* isso.

É um assunto que sempre me interessou profundamente. Na juventude, e bem depois, eu era vítima de impulsos urgentes totalmente incontroláveis. Nos últimos tempos, depois de um período prolongado de intensa atividade criativa, tornei-me mais do que nunca mistificado pelo atoleiro de pensamentos em que o perene tratamento do tema é enlameado.

Foi em 1935 que o livro *Serafita* me foi colocado nas mãos por um amigo que era ocultista. *Serafita* persiste até hoje como um dos picos das minhas explorações no domínio dos pensamentos. É mais do que um livro; é uma experiência que o autor perpetuou em palavras. Desta obra passei para um estudo daquele outro trabalho memorável de Balzac, *Louis Lambert*, e a seguir para um exame da vida de Balzac. Os resultados destes estudos se cristalizaram na forma de um tratado chamado *Balzac e o seu duplo*.\* Ao escrevê-lo, o conflito que me atormentava foi resolvido.

Poucos se dão conta do quão ardentemente Balzac se digladiou com o problema do anjo no homem. Digo isso a fim de confessar que, sob um disfarce um pouco diferente, este mesmo problema tem sido uma obsessão minha vida inteira. Num certo sentido, acho que sempre foi a principal preocupação de todo indivíduo criativo, quase exclusivamente sua. Admita ou não, o artista é obcecado com o pensamento de

---

\* Publicado pela primeira vez em *Max and the White Phagocytes*, Obelisk Press, Paris, 1938.

recriar o mundo, a fim de restaurar a inocência do homem. Ele sabe, além do mais, que o homem só pode recuperar a sua inocência reconquistando sua liberdade. Liberdade, aqui, significa a morte do autômato.

Num de seus ensaios, D. H. Lawrence salientou que havia duas grandes modalidades de vida, a religiosa e a sexual. A primeira, declarou, tinha precedência sobre a segunda. O sexo era o caminho menor, dizia. Sempre pensei que só existe um caminho, o caminho da verdade, levando não à salvação, mas à iluminação. Por mais que uma civilização possa diferir de outra, por mais que as leis, os costumes, as crenças e os cultos do homem possam variar de um período para outro, de um tipo ou raça de homem para outro, percebo no comportamento dos grandes líderes espirituais uma concordância singular, uma exemplificação de verdade e integridade que até uma criança pode apreender.

Parece fora de esquadro para o autor de *Trópico de Câncer* emitir tais opiniões? Não se observarmos debaixo da superfície! Apesar de liberalmente forrada de sexo aquela obra, a preocupação de seu autor não era com sexo, nem com religião, mas com o problema da autolibertação. Em *Trópico de Capricórnio*, o uso do obsceno é mais estudado e deliberado, talvez por causa de uma percepção intensificada das grandes exigências do meio de expressão. O Interlúdio chamado "Terra da Foda" é para mim um marco elevado na fusão de símbolo, mito e metáfora. Empregado como uma barreira, serve a um duplo propósito. (Assim como o palhaço atua no circo não só para aliviar a tensão, mas nos preparar

para uma tensão ainda maior.) Embora no ato de escrever\*
só houvesse uma vaga percepção do seu significado, com
respeito ao seu propósito havia certeza absoluta. Era um
feito equivalente a um homem saltar fora da própria pele.
Nos anos que virão, esta "extravagância" poderá oferecer
uma pista insuspeita sobre a natureza da batalha íntima do
autor. Não há necessidade de disfarçar o fato de que o cerne
do conflito tem a ver com o fenômeno raramente compreendido da polaridade. Entre palavra e reação existe hoje apenas
o mais tênue lampejo de uma corrente. Atribuir o dilema,
como faz a maioria dos pensadores, a comoções sociais,
políticas e econômicas é confundir a questão.

A verdadeira razão está mais no fundo. Um novo mundo
está sendo construído, um novo homem está desabrochando.
As massas, destinadas agora a sofrer mais cruelmente do
que em qualquer outra época, estão paralisadas com pavor
e apreensão. Recolheram-se, como aqueles traumatizados
pelas explosões de bombas nas guerras, às tumbas que eles
mesmos criaram; perderam todo contato com a realidade
exceto no que concerne a suas necessidades corporais. O
corpo, é claro, há muito deixou de ser o templo do espírito.
É assim que o homem morre para o mundo — e para o
Criador. No curso da desintegração, um processo que pode
durar séculos, a vida perde todo significado. Uma atividade
sobrenatural, manifestada com igual ferocidade nas inves-

---

\* Veja referência a esta e outras passagens "gratuitas" em *Big Sur e as laranjas de Hieronymus Bosch* (Ed. José Olympio).

tigações dos eruditos, pensadores, homens de ciência e nas atividades dos militares, políticos e espoliadores, oculta a presença evanescente da chama viva. Esta atividade anormal em si é o sinal da morte que se aproxima.

De tudo isso eu conhecia ou entendia muito pouco quando empunhei a caneta pela primeira vez. Antes que pudesse começar para valer, eu precisava atravessar a minha "pequena morte". O início abortado, que durou dez anos, permitiu-me morrer para o mundo. Em Paris, como todo mundo sabe, eu me encontrei.

Naquele primeiro ou segundo ano em Paris, fui literalmente aniquilado. Não havia sobrado nada do escritor que eu esperava vir a ser, apenas o escritor que eu tinha de ser. (Ao encontrar o meu caminho, encontrei a minha voz.) O *Trópico de Câncer* é um testamento encharcado de sangue revelando os estragos da minha luta no ventre da morte. O forte odor de sexo que o percorre é realmente o aroma do nascimento; só é desagradável ou repulsivo para aqueles que não conseguem entender o seu significado.

O *Trópico de Capricórnio* representa a transição para uma fase mais consciente: da consciência do eu à consciência de propósito. A partir daí, quaisquer metamorfoses que ocorram se manifestam ainda mais através da conduta do que pela palavra escrita. O começo de um conflito entre o escritor decidido a terminar sua tarefa e o homem que sabe bem no íntimo que o desejo de se expressar nunca deve ser limitado a um só meio de expressão, à arte, digamos, mas a cada fase da vida. Uma batalha, mais ou menos consciente, entre o Dever e o Desejo. Aquela parte do homem pertencente à palavra que procura cumprir o seu dever; a parte que pertence a Deus esforçando-se para cumprir as exigências do destino, que são inenarráveis. A dificuldade: adaptar-se àquele plano desolado onde somente nossos próprios poderes nos sustentarão. A partir deste ponto, o problema é escrever retrospectivamente e agir para a frente. Escorregar é cair no abismo do qual não há resgate possível. O combate se dá em todas as frentes e é incessante e sem remorsos.

Como todo homem, sou meu próprio pior inimigo. Ao contrário da maioria dos homens, porém, sei também que sou meu próprio salvador. Sei que liberdade significa responsabilidade. Sei igualmente com que facilidade o desejo pode ser convertido em ação. Ainda quando fecho os olhos, devo tomar cuidado com meus sonhos e o seu tema, pois agora apenas o mais fino véu separa o sonho da realidade.

Saber se é grande ou pequeno o papel que o sexo desempenha em nossas vidas parece coisa relativamente sem importância. Algumas das maiores realizações que conhecemos foram empreendidas por homens que tinham pouca ou nenhuma vida sexual. Por outro lado, sabemos da vida de certos artistas — homens de primeira linha — cujas obras imponentes jamais teriam sido produzidas se eles não estivessem mergulhados em sexo. No caso de uns poucos, estes períodos de excepcional criatividade coincidiram com extravagante indulgência sexual. Nem abstinência nem indulgência explicam nada. No domínio do sexo, como em outros domínios, falamos de uma norma — mas o normal vem a ser nada mais do que é verdadeiro, estatisticamente, para a grande massa de homens e mulheres. O que pode ser normal, saudável, recomendável para a vasta maioria não nos fornece nenhum critério de comportamento no que concerne ao indivíduo excepcional. O homem de gênio, seja por meio do seu trabalho ou do seu exemplo pessoal, parece sempre projetar a verdade de que cada pessoa é uma lei em si mesma, e que o caminho da realização vem através do reconhecimento e da percepção do fato de que somos cada um e todos únicos.

Nossas leis e costumes relacionam-se com nossa vida social, nossa vida em comum, que é o lado menor da existência. A vida real começa quando estamos sozinhos, face a face com o nosso eu desconhecido. O que acontece quando nos encontramos é determinado por nossos solilóquios interiores. Os acontecimentos cruciais e realmente essenciais que marcam o nosso caminho são frutos do silêncio e da solidão. Atribuímos muito a encontros casuais, nos referimos a eles como momentos decisivos em nossa vida, mas estes encontros jamais poderiam ter ocorrido se não nos tivéssemos preparado para eles. Se possuíssemos mais conhecimento das coisas, estes encontros fortuitos renderiam ainda maiores recompensas. É somente em certas ocasiões imprevisíveis que nos encontramos plenamente sintonizados, plenamente atentos e em posição de receber os favores da fortuna. O homem que está totalmente acordado sabe que cada "acontecimento" está recheado de significação. Sabe que não só sua própria vida está sendo alterada, mas que em última análise o mundo inteiro será afetado.

O papel que o sexo desempenha na vida de um homem varia muito de indivíduo a indivíduo, como sabemos. Não é impossível que exista um padrão que inclua as mais amplas variações. Quando penso em sexo, penso nele como um domínio apenas parcialmente explorado; a maior parte, para mim pelo menos, permanece misteriosa e desconhecida, possivelmente para sempre impossível de se conhecer. O mesmo vale para outros aspectos da força vital. Podemos saber um pouco ou muito, mas, quanto mais evoluímos, mais o horizonte se afasta. Somos envolvidos num mar de forças que parecem desafiar nossa insignificante inteligência. Enquanto não aceitarmos o fato de que a vida em si é baseada no mistério, nada aprenderemos.

O sexo, então, como tudo mais, é principalmente um mistério. É o que estou tentando dizer. Não tenho a pretensão de ser um grande explorador deste domínio. Minhas próprias aventuras nada são comparadas com aquelas do Don Juan comum. Para um homem das cidades grandes, acho que meus feitos são modestos e até normais. Como artista, minhas aventuras não parecem de modo algum singulares ou notáveis. Minhas explorações, no entanto, me permitiram fazer algumas descobertas que um dia talvez darão fruto. Vamos expor as coisas desta maneira: que eu cartografei certas ilhas que podem servir como degraus quando as grandes rotas forem abertas.

It is then that things happen, as we say. But things do not happen. I doubt if in any realm things merely happen. The man who is wide awake makes of what happens a significant event. Not only is he himself altered but the whole world is eventually affected. If remote worlds appear to us to be following an ordered pattern, so certainly are human beings. Now and then a man arises who is able to penetrate the seeming confusion of our human pattern and detect an order; these are the men we bow down before.

In the individual pattern the role of sex varies with each individual. There are limits, as we realize when we study the subject, so that it is possible to think of a larger pattern which includes the widest variations. When I think of sex I think of it as a universe, part of which has been explored, but the greater part unknown, mysterious, possibly forever unknowable. The same is true for any sector or fragment of life. We can know a little, or a great deal, but the further we push the more the horizon recedes. We are surrounded by mysteries and, until we accept the fact that life is a grand mystery, we shall know nothing. Sex, then, like everything, is largely a mystery, that is what I am trying to say. I don't pretend to be a great explorer in this realm. My own personal adventures are as nothing compared to those of any ordinary Don Juan. For a city man I think my record is comparatively normal. For an artist it is in no way singular or remarkable. And yet it seems to me that in my timid explorations I have made certain discoveries which may bear fruit. Let us say, if you like, that I have charted certain

— 13 —

Houve um período em Paris, pouco depois de passar por uma conversão, em que pude visualizar com uma clareza alucinante todo o desenho do meu passado. Eu parecia possuído pelo poder de lembrar tudo aquilo que escolhesse lembrar; mesmo sem o desejar, os acontecimentos e encontros que haviam ocorrido muito tempo atrás povoavam minha consciência com tanta força, tanta vividez, a ponto de serem quase insuportáveis. Cada coisa que me havia acontecido adquiria significação, é o que mais me lembro dessa experiência. Toda reunião ou todo encontro casual se tornava um acontecimento; cada relacionamento se encaixava em seu verdadeiro lugar. Subitamente me senti capaz de rememorar a realmente vasta horda de homens, mulheres e crianças que havia conhecido — animais também — e ver as coisas como um todo, vê-las tão clara e profeticamente como vemos as constelações numa noite clara de inverno. Podia detectar as órbitas que meus amigos e conhecidos planetários haviam descrito e podia também detectar, entre estes movimentos estonteantes, o curso errático que eu mesmo tinha traçado — como nebulosa, sol, lua, satélite, meteoro, cometa... e poeira de estrelas. Observei os períodos de oposição e conjunção, assim como os períodos de eclipse parcial ou total. Vi que havia uma conexão profunda e duradoura entre mim mesmo e todos os outros seres humanos com os quais me coubera — e fora meu privilégio! — entrar em contato numa ou noutra ocasião. O mais importante é que eu via dentro daquele quadro o ser potencial que sou. Naqueles momentos lúcidos eu me via como um dos homens mais solitários e ao mesmo tempo mais sociáveis. Era como se, por um breve intervalo, a cortina houvesse baixado, o combate cessado. No grande anfiteatro que eu imaginava vazio e sem significado desdobrava-se diante de meus olhos a tumultuada criação da qual eu era, feliz e finalmente, uma parte.

Eu disse homens, mulheres e crianças... Estavam todos lá e eram igualmente importantes. Eu podia ter acrescentado — livros, montanhas, rios, lagos, cidades, florestas, criaturas do ar e criaturas das profundezas. Nomes, lugares, pessoas, acontecimentos, ideias, sonhos, devaneios, desejos, esperanças, planos e frustrações, tudo isso, quando convocado, era tão vívido e vivo como jamais o fora. Tudo caía na latitude e na longitude, por assim dizer. Havia grandes massas de neblina, a metafísica; cinturões flamejantes amplos, as religiões; cometas incandescentes, cujas caudas soletravam esperança. E assim por diante... E havia o sexo. Mas o que *era* o sexo? Como a divindade, era onipresente. Permeava-se em tudo. Talvez todo o universo do passado, para lhe dar uma imagem, nada mais fosse do que um monstro mitológico do qual o mundo, meu mundo, fora gerado, mas que deixara de desaparecer com o ato da criação, permanecendo abaixo, sustentando o mundo (e a si próprio) sobre suas costas.

Para mim esta experiência singular ocupa agora um lugar em minha memória igual àquele do Dilúvio nas profundezas do Inconsciente do homem. No dia em que as águas baixaram, a montanha foi revelada. Lá estava eu, encalhado no pico mais alto, na arca que construíra sob o comando de uma voz misteriosa. Subitamente as pombas levantaram voo, estilhaçando as névoas com sua plumagem flamejante... Tudo isso, inacreditável se quiserem, seguido por uma catástrofe agora soterrada tão fundo a ponto de não poder ser relembrada.

Aquele monstro mitológico! Deixem-me acrescentar algumas lembranças antes que percam forma e substância...

Para começar, é como se eu tivesse saído de um transe profundo. E, como aquela figura antiga, encontrei-me na barriga de uma baleia. A cor que banhava minha retina era um cinza cálido. Tudo o que eu tocava tinha uma sensação deliciosa, como com o cirurgião quando ele remexe nas nossas entranhas quentes. O clima era temperado, tendendo mais para o quente do que para o frio. Em resumo, uma típica atmosfera uterina repleta com todos os confortos babilônios dos estéreis. Nascido supercivilizado, eu me sentia extremamente à vontade. Tudo era familiar e prazeroso no meu sensorial super-refinado. Podia contar seguramente com meu café escuro, meu licor, meu Havana-Havana, meu roupão de seda e todas as outras necessidades de um *bon vivant*. Nenhuma luta impiedosa pela existência, nenhum problema de pão e manteiga, nem complexos sociais ou psicológicos a serem solucionados. Eu era um ocioso emancipado desde a raiz. Quando nada mais havia de bom a fazer, eu mandava buscar o jornal vespertino e, depois de uma olhada nas manchetes, diligentemente devorava os anúncios, os mexericos sociais, os avisos teatrais e assim por diante, até o *récitatif* obituário.

Por alguma estranha razão, eu demonstrava um interesse anormal pela fauna e pela flora deste domínio uterino.

Inspecionava ao meu redor com o olhar frio e insensato do cientista. ("O aloucado herbotomista", assim eu me chamava.) Dentro destas dobras labirínticas descobri inúmeras maravilhas... E agora devo parar aqui, já que tudo isso me serviu apenas de uma lembrança para falar da primeira bocetinha que examinei.

Eu tinha cinco ou seis anos na ocasião e o incidente aconteceu num porão. A pós-imagem, que se solidificou na ocasião apropriada sob a forma de uma incongruência, eu a rotulei de "o homem da máscara de ferro". Poucos anos atrás, folheando as páginas de um livro que continha reproduções de máscaras primitivas, topei com uma máscara em forma de ventre que, quando se levantava a aba, revelava a cabeça de um homem adulto. Talvez o choque de ver esta grande cabeça espiando do ventre tenha sido a primeira resposta genuína que tive quanto à questão que se formulou naquele instante, muito tempo atrás, em que dei minha primeira olhada séria numa vagina. (No *Trópico de Câncer*, devem lembrar, eu retratei um companheiro que nunca se recuperou desta obsessão. Ele continua, acredito, abrindo uma boceta após a outra a fim de, como diz a si mesmo, chegar ao mistério que ela guarda.)

Foi para um mundo sem pelos que olhei. A ausência de pelos, penso agora, serviu para estimular a imaginação, ajudou a povoar a região árida que cercava o local do mistério. Preocupávamo-nos menos com o que havia ali dentro do que com o futuro cenário vegetal que imaginávamos que viria um dia embelezar esta estranha terra árida. Dependendo da época do ano, da idade dos atores, do local, bem como de outros fatores mais complicados, os genitais de certas pequenas criaturas pareciam tão variegados — quando penso nisso agora — como as estranhas entidades que povoam as mentes imaginosas dos ocultistas. O que se apresentava a nossas mentes impressionáveis era uma fantasmagoria sem nome recheada de imagens que eram reais, tangíveis, pensáveis e, no entanto, inomináveis, pois não tinham conexão com o mundo da experiência em que tudo tem um nome, um local e uma data. Assim ocorria comentar-se que certas garotinhas possuíam (escondidos debaixo de suas saias) efeitos tão esquisitos como magnólias, garrafas de água-de-colônia, botões de veludo, camundongos de borracha... sabe Deus o que mais. Que toda menina tem uma racha entre as pernas era, naturalmente, conhecimento comum. De vez em quando corria o rumor de que esta ou aquela não tinha racha nenhuma; ou de outra se dizia que era uma "morfodita". Morfodita era um termo estranho e assustador que ninguém podia claramente definir. Às vezes implicava a noção de sexo duplo, às vezes outras coisas, ou seja, que onde a racha deveria estar havia um casco fendido ou uma fileira de verrugas. *É melhor não pedir para ver!* — era o pensamento dominante.

Uma coisa curiosa sobre este período foi a convicção que vingou entre nós de que algumas de nossas amiguinhas eram definitivamente más, isto é, putas ou vagabundas incipientes. Algumas garotas já possuíam um vocabulário vil pertinente a esse domínio misterioso. Algumas faziam coisas proibidas, em troca de um presentinho ou de uns níqueis. Havia outras, devo acrescentar, que eram consideradas anjos, nada menos do que isso. Eram tão angelicais, na verdade, que nenhum de nós jamais as imaginou como possuidoras de uma racha. Estas criaturas angelicais nem sequer faziam pipi.

Menciono estas tentativas iniciais de caracterização porque mais tarde na vida, tendo testemunhado a evolução de algumas daquelas "perdidas", fiquei impressionado com a exatidão de nossas observações. De vez em quando, um dos anjos também caía na sarjeta e ficava lá. Geralmente, porém, tinham um destino diferente. Algumas levavam uma vida infeliz, ou casando com o homem errado, ou não casando, outras eram assoladas por doenças misteriosas, outras crucificadas por seus pais. Muitas das que rotuláramos como vagabundas se revelaram excelentes seres humanos, joviais, flexíveis, generosas, humanas até o âmago, embora fisicamente desgastadas pela vida.

Com a adolescência, outro tipo de curiosidade se desenvolveu, a saber, o desejo de descobrir como "a coisa" funcionava. Garotas de dez ou doze anos eram geralmente induzidas a assumir as mais grotescas poses a fim de demonstrar como faziam pipi. As mais dotadas tinham a reputação de serem capazes de deitar-se de costas no chão e mijar até o teto. Algumas já eram acusadas de usar velas — ou cabos de vassoura. A conversa, quando chegava a este tópico, tornava-se um tanto espessa e complicada; era colorida por um sabor estranhamente reminiscente da atmosfera que cercava as primeiras escolas de filosofia grega. A lógica, quero dizer, desempenhava um papel maior do que o empirismo. O desejo de explorar a olho nu era subordinado a uma urgência maior, aquela que, hoje percebo, nada mais era do que a necessidade de conversar, de discutir o assunto *ad nauseam*. O intelecto, coitado, já começava a cobrar o seu tributo. Como "a coisa" funcionava foi abafado pela interrogação maior — *por quê?* Com o nascimento da faculdade de questionar, a tristeza se instalou. Nosso mundo, até aquele momento tão natural, tão maravilhoso, rompeu suas amarras. A partir de então nada era mais absolutamente definido: tudo tinha de ser provado — e desmentido. Os pelos que agora começavam a brotar no sagrado Monte de Vênus eram repelentes. Até nos pequenos anjos começavam a nascer espinhas. E algumas já estavam sangrando no meio das pernas.

A masturbação era muito mais interessante. Na cama ou no banho quente a gente podia se imaginar deitado com a Rainha de Sabá, ou com uma rainha do teatro burlesco cujo corpo provocante, que aparecia por toda parte, infectava cada pensamento nosso. Ficávamos a imaginar o que estas mulheres que apareciam em cartazes com as saias voando por cima de suas cabeças faziam quando apareciam sob os refletores. Alguns diziam que elas ousadamente tiravam cada pedacinho de suas roupas deslumbrantes e ficavam a segurar os seios convidativamente — até que os marinheiros partiam como num estouro da boiada em direção ao palco. Muitas vezes, comentava-se, as cortinas tinham de ser abaixadas e a polícia convocada.

Havia algo de errado nas garotas com as quais costumávamos brincar. Não eram mais as mesmas. Na verdade, tudo estava mudando, e para pior. Quanto aos garotos, estavam sendo arrebanhados para o trabalho um após o outro. A escola era um luxo reservado para os filhos dos ricos. Lá fora, "o mundo", segundo as notícias que nos chegavam, não passava de um mercado de escravos. Sim, o mundo *estava* ruindo ao redor de nós. O *nosso* mundo.

E havia ainda lugares conhecidos como penitenciárias, reformatórios, lares para meninas deslocadas, asilos de loucos e assim por diante.

Antes que as coisas desandassem de vez, porém, um acontecimento maravilhoso poderia ocorrer. Uma festa, nada menos do que isso. Onde alguém muito precioso, alguém que quase não passava de um nome, com toda certeza apareceria.

Para mim, estes "acontecimentos" hoje parecem como aqueles fabulosos bailes que precedem uma revolução. A gente ansiava por ser violentamente feliz, mais feliz do que jamais tinha sido, mas havia também o pressentimento de que algo desagradável aconteceria, algo que afetaria toda nossa vida. Uma porção de rumores às escondidas sempre cercava o acontecimento vindouro. Corria entre pais, irmãos e irmãs mais velhos e entre os vizinhos. Todo mundo parecia saber mais da nossa sagrada vida emocional do que era desejável. Toda a vizinhança de repente parecia anormalmente interessada nas mínimas coisas que fazíamos. Éramos observados, espionados, falavam de nós pelas costas. Uma ênfase tão grande era colocada na idade. A maneira como as pessoas diziam "Ele tem quinze anos agora!" comportava as mais embaraçosas implicações. Tudo aquilo parecia um sinistro espetáculo de marionetes encenado pelos mais velhos, um espetáculo em que seríamos os risíveis personagens expostos ao ridículo, ao achincalhe, levados a dizer e fazer coisas inenarráveis.

Depois de semanas de ansiedade, chegava finalmente o dia. A garota também, no último momento. Justo quando tudo prometia sair bem, quando tudo o que se fazia necessário — para quê? — era uma palavra, um olhar, um gesto, descobríamos, para nosso espanto, que tínhamos ficado burros, que nossos pés estavam enraizados no chão em que foram plantados desde que entramos no local. Talvez uma vez durante toda a longa noite a preciosa criatura oferecesse o menor sinal de reconhecimento. Chegar mais para perto dela, roçar na sua saia, inalar a fragrância do seu hálito, como era difícil, que feito monumental! Os outros pareciam movimentar-se à vontade, livremente. Tudo o que ele e ela pareciam capazes de fazer era gravitar lentamente em torno de objetos desinteressantes como o piano, o porta-guarda-chuvas, a estante. Só por acidente eles pareciam destinados de vez em quando a convergir um sobre o outro. Ainda assim, mesmo quando todas as forças misteriosas e sobrecarregadas na sala pareciam atrair um para o outro, algo sempre interferia para os afastar. Para piorar as coisas, os pais se comportavam da maneira mais insensível, empurrando e manobrando casais, gesticulando como cabritos, fazendo comentários rudes e perguntas inoportunas. Em suma, agindo como idiotas.

A noite chegava ao fim com um grande aperto de mãos coletivo. Alguns se despediam com beijos. Os mais ousados! Aqueles que não tinham coragem para se comportar com tal leveza, aqueles que se importavam, que sentiam profundamente, em outras palavras, perdiam-se na confusão. Ninguém notava o seu desconforto. Simplesmente não existiam.

Hora de partir. As ruas estão vazias. Ele começa a caminhar para casa. Nem o menor traço de fadiga. Animado, embora nada tivesse realmente acontecido. Na verdade, fora um tremendo fiasco, a festa. Mas ela viera! E ele banqueteara seus olhos sobre ela a noite inteira. Quase chegara a tocar em sua mão. Sim, imaginem só! *Quase!* Semanas podem se passar, meses, talvez, até que seus caminhos se cruzem de novo. (E se os pais dela botassem na cabeça de mudar para outra cidade? Estas coisas acontecem.) Ele tenta fixar na sua memória — como ela jogava seu olhar, sua maneira de falar (com os outros), seu jeito de jogar a cabeça para trás ao rir, o modo como o vestido se agarrava à sua figura esguia. Ele repassa tudo isso pedaço por pedaço, momento por momento, da hora em que ela entrou e acenou com a cabeça para alguém atrás dele, sem o ver, ou sem o reconhecer, talvez. (Ou era tímida demais para responder ao seu olhar ansioso?) O tipo de garota que nunca revelava seus verdadeiros sentimentos. Uma criatura misteriosa e fugidia. Quão pouco ela sabia, quão pouco todo mundo sabia, das profundezas oceânicas de emoção que o engolfavam!

Estar apaixonado. Estar extremamente sozinho...

Assim começa... a mais doce e a mais amarga tristeza que podemos conhecer. A ânsia, a solidão que precede a iniciação.

Na mais adorável maçã vermelha existe um verme escondido. Lenta e implacavelmente, o verme come toda a maçã. Até que nada resta a não ser o verme.

E o caroço, também? Não, o caroço da maçã persiste, ainda que apenas como uma ideia. Que toda maçã tem um caroço, não é isso suficiente para contrabalançar toda incerteza, toda dúvida e toda apreensão? Que importa o mundo, que importam o sofrimento e a morte de incontáveis milhões, que importa se tudo vai para o ralo — contanto que *ela*, coração e caroço, persista! Ainda que ele nunca mais a veja, é livre para pensar nela, falar com ela em seu sonho, amá-la, amá-la a distância, amá-la para todo o sempre. Ninguém pode lhe recusar isso. Não, ninguém.

Como um corpo composto de milhões de células, a tristeza cresce, cresce e cresce, alimenta-se de si mesma, renova seus milhões de eus, torna-se o mundo e tudo o que é, ou o enigma que responde por ele. Tudo se esmaece, menos a tormenta. *As coisas são do jeito que são.* Este é o tormento horrível, perpétuo... E pensar que basta a gente morrer — e o enigma é solucionado! Mas será *esta* uma solução? Não é uma coisa ligeiramente ridícula? O suicídio moral é tão mais fácil. Ajustar-se à vida, como dizem. Não ao que seria ou deveria ser. *Seja homem!* Depois, é claro, nos damos conta de que "ser um homem" é algo completamente diferente. Tão certo como nasce o dia, fica claro demais que poucos são os que merecem o título: HOMEM. Quanto mais você se dá conta disso, menos homens você encontra. Apegue-se tenazmente ao pensamento e acabará no vazio do Himalaia, para descobrir lá que o que se chama homem ainda está à espera de nascer.

Enquanto faz estes ajustes masculinos à realidade, o mundo feminino parece sofrer uma deformação prismática. É nesta altura em nosso desenvolvimento que surge alguém com mais experiência, alguém "que conhece as mulheres". É o bobalhão realista, o tipo comum, que acredita que dormir com uma mulher é conhecê-la. Em virtude de incontáveis colisões com o outro sexo, algo que passa por conhecimento foi acrescido ao seu currículo. Algo como uma peruca psicológica, poderíamos dizer. Confrontado com uma mulher de verdade, uma experiência real, este tipo de indivíduo estará fadado a um papel tão ridículo como o de um velho querendo parecer jovem. A peruca se torna o foco de atenção.

Lembro-me de um sujeito que se tornou meu grande companheiro durante esse período de transição. Lembro-me de suas atitudes grotescas para com as mulheres e de como elas me afetaram. Ele sempre expressava o medo de que se apaixonar perdidamente era cortejar o desastre. Nunca se entregue inteiramente a uma mulher! E ele fazia questão de me conduzir na vida. Como dizia, ensinar-me a me comportar naturalmente com uma mulher.

A coisa estranha era que, durante estas aventuras, acontecia frequentemente que as mulheres que ele tratava tão cavalheirescamente se apaixonavam por *mim*. Não levei muito tempo para descobrir que os objetos de sua escolha não se impressionavam de modo algum com suas fanfarronadas. Ficava aparente demais, pela maneira como estas "vítimas e

by virtue of countless collisions with the other sex something has
 — or the other sex — and investigation
to him from all the fucking explorations, something like to say
like natural hair stuck on a wig. In the presence of a real
woman, a real experience, such an individual presents
as ridiculous figure as does an old man trying
to make himself young. The wig immediately becomes
the center of attention. I remember a certain friend
of mine who became my boon companion during this
period; remember his grotesque antics with women and
how it affected me. He was afraid that I was ruining
myself by falling in love. He thought I was too young
to give myself completely to one woman. And so he
used to take me around and show me how to do things,
how to behave naturally, as he put it, with a woman.
The strange thing was, that during these frolics, it inevitably happened that the women he treated so cav-
alierly always fell in love with me. I used to simply
watch the performance from the side lines. I saw very
quickly that the women weren't in the least taken in
by his swashbuckling behavior, that actually they felt
sorry for him and were humoring him, mothering him,
I suppose. I could see that this "man of the world" was
just a child to them, even if it were true that when he
had them in bed he could make them whinny with
pleasure, or sob or groan, or cling to him desperately.
He had a way of taking leave abruptly, in a panic, like
a man beating a hasty retreat, like a general trying to
muster his defeated army. "A cunt's a cunt," he used to
say, and saying that he'd begin to scratch his head
and wonder if there wasn't some cunt, just one, that
was different.
  No matter how interested I became in a cunt I al-

presas" o tratavam e paparicavam, que ele estava apenas se iludindo ao pensar que "levava jeito com as mulheres". Percebi que este "homem do mundo" era apenas uma criança para elas, embora na cama conseguisse fazer com que choramingassem de prazer, ou soluçassem ou gemessem, ou se agarrassem a ele em desespero mudo. Tinha um jeito de partir abruptamente, como um covarde batendo rápido em retirada. "Uma boceta é uma boceta," dizia, tentando esconder seu pânico, e coçava a cabeça e se perguntava em voz alta se não existia uma, *uma* só boceta que fosse diferente.

Por mais que eu me apegasse a uma "boceta", eu sempre ficava mais interessado na pessoa que a possuía. Uma boceta não vive uma existência separada. Nada vive. Tudo está inter-relacionado. Talvez uma boceta, por mais cheirosa, seja um dos símbolos primais para a conexão entre todas as coisas. Entrar na vida por meio da vagina é um caminho tão bom como qualquer outro. Se você entrar bem fundo e permanecer o tempo suficiente, vai encontrar o que procura. Mas você precisa entrar com coração e alma — e deixar seus pertences do lado de fora. (Por pertences eu me refiro a medos, preconceitos, superstições.)

A puta entende isso perfeitamente. É por isso que, quando lhe demonstram um pouco de bondade, fica pronta para entregar a alma. A maioria dos homens, quando pega uma puta, não se dá ao trabalho de tirar o chapéu e o casaco, figurativamente falando. Não admira que recebam tão pouco por seu dinheiro. Uma puta, se tratada com consideração, pode ser a mais generosa das almas. Seu único desejo é poder doar a si mesma, não apenas seu corpo.

Lutamos todos aquisitivamente, por dinheiro, amor, posição, honra, respeito, até mesmo por favor divino. Conseguir algo por nada parece ser o *summum bonum*. Pois não costumamos dizer "Vá se foder!"? Estranha locução. Como se pudéssemos foder sem ganhar uma foda. Até mesmo neste domínio básico da comunhão prevalece a ideia de que uma foda é algo a ser obtido, não a ser dado. Ou, se o oposto for destacado — *Jesus, que foda eu dei nela!* —, então o pensamento de algo recebido em troca fica obscurecido. Nenhum homem ou mulher pode se gabar de ter dado uma boa foda a não ser que ele, ou ela, seja bem fodido também. Caso contrário, poderíamos muito bem falar de foder um saco de aveia. E é isso precisamente o que ocorre, na maioria das vezes. Você vai ao açougueiro com uma peça de rabo e ele a transforma em carne moída para você. Alguns são malucos o bastante para pedir bife de lombo quando tudo o que querem é um pouco de carne moída.

Fuque-fuque! Não é o simples passatempo que parece ser. Frequentemente expressamos admiração pelas maneiras como os primitivos fazem. Alguns indagam que tal seria usar animais. (Domésticos, é claro.) Poucos ficam inteiramente satisfeitos de que sabem tudo o que há para saber desse negócio. Às vezes, depois de anos de comportamento sexual (chamado) normal, um homem e sua mulher começarão a experimentar. Às vezes maridos e mulheres trocam de parceiros por uma noite, ou mais. E de vez em quando ouvimos dos lábios de um viajante estranhas histórias, histórias de desempenhos misteriosos, de feitos formidáveis praticados em observância de estranhas formas de ritual. Os mestres da arte quase sempre passaram por um rigoroso aprendizado espiritual. Autodisciplina é a chave da sua proeza. O homem de Deus, em suma, parece superar o gladiador.

A maioria dos jovens nunca tem a chance de desfrutar a luxúria da especulação metafísica prolongada e geralmente infrutífera. Os jovens são lançados ao mundo e obrigados a assumir responsabilidades antes de terem a oportunidade de se identificarem (no paraíso do pensamento) com aqueles que se consumiram digladiando com os problemas eternos. Partindo prematuramente, logo percebi meu erro e, depois de tropeçar por aí, decidi me dar um tempo. Livrando-me dos arreios, fiz um esforço para levar uma vida natural. Fracassei. De volta às calçadas fui cair nos braços da mulher de quem eu tentava me livrar.

Ao longo de um inverno interminável eu dormi no fundo do poço profundo que cavara para mim mesmo. Dormi como um urso. E no meu sono era o problema do mundo que povoava meus sonhos.

Das janelas dos fundos do apartamento que ocupávamos, minha amante e eu, eu podia ver o quarto de dormir daquela que eu jurei amar para sempre. Era casada e tinha uma criança. Na época eu ignorava o fato de que ela morava naquela casa do outro lado do pátio; nunca sonhei que era *dela* a silhueta que enchia meus olhos e me deixava na mais negra infelicidade. Se apenas eu tivesse sabido, como ficaria grato de me sentar para sempre diante da janela, sim, até mesmo no esterco e na sujeira. Não, nem uma só vez naquelas sessões agonizantes eu suspeitei que ela estava lá, a poucos passos, quase ao alcance da minha mão. *Quase!* Se apenas, ao gritar seu nome em vão, eu tivesse aberto a janela! Ela teria ouvido. Poderia ter respondido.

Arrastando-me para a cama com a outra, eu passava horas terríveis pensando naquela que estava perdida para mim. Exausto, enfiava-me de novo no fundo do meu poço. Que forma abominável de suicídio! Não só eu me destruía e ao amor que me devorava, eu destruía tudo que encontrava pelo caminho, incluindo aquela que se agarrava desesperadamente a mim no sono. Eu tinha de aniquilar o mundo que fizera de mim sua vítima. Era como um maníaco armado com um machado enferrujado e atacando freneticamente com ele a torto e a direito. Tudo perpetrado nas estupefatas tramas do sono.

Seria eu o responsável por estes atos pusilânimes? Não! Alguém me havia possuído, algum monstro das profundezas. Quem quer ou o que quer que eu fosse, era eu quem assassinava sem mais nem menos. E sem parar. Mesmo acordado, eu às vezes me flagrava no ato!

E todo dia — quem acreditaria? — eu saía mecanicamente em busca de trabalho. Podia até aceitar um emprego, pelo espaço de poucas horas. Ao cair da noite, porém, estava sempre de volta à toca. No momento em que entrava na presença dela, uma quietude tristonha me invadia. Lá estava ela, sua boceta, sempre aberta, sempre à minha espera. Pronta, como uma flor-armadilha, para me engolir inteiro.

defeated and ~~fell back~~ ditch. into the arms of the woman I had tried to ~~run away from.~~ I fell into a deep hole where I slept like a bear ~~during~~ throughout an interminable winter. ~~And while I slept~~ in my sleep the world problem filled my dreams.

It was a period of the most intense suffering. From the rear windows of the ~~house where~~ flat which I occupied ~~I lived with the woman I had returned to~~ I could look into the bedroom of the woman I ~~really~~ loved the one I would love. She was married now and had a child. ~~At the time I didn't know~~ ~~I never knew till some years later~~ that she was living in the house across the yard. ~~I used to stand or sit by~~ as I sat at the window ~~for~~ hours on end filled with the blackest misery. I used to wonder what had become of this girl I had met at the party one night long ago. I used to crawl into bed with the other woman thinking about this ~~girl I had lost~~ forever. And then I would fall into the black hole, ~~lose myself, lose the world,~~ lose consciousness. It was the most terrible form of suicide I can think of. I killed the love that was ~~consuming~~ eating me, I ~~killed the~~ destroyed woman who ~~was clutching~~ clung to me, I killed off the world that ~~was eating me up.~~ I was like a maniac armed with a rusty axe, ~~who swung~~ frantically at anything and everything which ~~came~~ love in sight. ~~And~~ It was all ~~done in a deep~~ carried out sleep, as I said before. I was not responsible for my actions. Somebody else had taken possession of my body, some one I didn't recognize— perhaps because he was too close to me. I became one of those murderers who kill without reason. During the day, when I was supposed to be awake, I was still at it. I would put on my hat and coat and mechanically set out to look for a job. I might even take a job for a few hours, but suddenly, them ~~in the midst of my work,~~ I

Sweetheart now

and in the it myself and the world.

had made me its victim

Era uma provação que ameaçava não terminar jamais. O tempo se arrastava de uma maneira que nunca imaginei possível. Havia intervalos de cinco minutos que se prolongavam tão penosamente que eu achava que ia ficar louco. O homem que observava o relógio estava algemado e amordaçado; dentro dele havia mil seres diferentes puxando com as mãos para que os soltassem. Cada impulso sufocado parecia reverter a uma fonte misteriosa e ali tomar forma e substância, tornar-se uma espécie de criatura dos elementos, um homúnculo vivo e aterrorizante. O conflito entre estes eus embriônicos aprisionados em meu corpo sonâmbulo assumia proporções fantásticas. Se eu saía para uma caminhada, eles pairavam sobre mim numa nuvem, como ectoplasma gerado pelo mero ato de respirar. Durante a relação sexual eles se esvaíam de mim, como se eu estivesse despejando esgoto num bueiro. No momento em que abria os olhos, estavam de volta, aos enxames, mais clamorosos e insistentes do que nunca.

Meu único recurso — não tinha mais escolha — era perder minha identidade. Em outras palavras, escapar de mim mesmo. Ao fazê-lo, eu achava que estava fugindo *dela*. Não ia muito longe, ou de mim mesmo ou dela. Dei a entender que havia partido para o Alasca, mas a verdade é que fiquei a poucos quarteirões de distância. Comportei-me, no entanto, como se tivesse realmente desaparecido. O Alasca acabou sendo uma mina profunda em que me enterrei. Fiquei lá embaixo por muito tempo, indiferente a coisas como comida, ar fresco, luz do sol, companhia humana.

Nas profundezas fiz contato com os espíritos da terra. Assim acabei percebendo que os problemas que eu havia situado num vago além, como oníricos zepelins, eram de essência subterrânea. Como companhia eu tinha espíritos vitais como Nietzsche, Emerson, Thoreau, Whitman, Fabre, Havelock Ellis, Maeterlinck, Strindberg, Dostoiésvki, Gorki, Tolstói, Verhaeren, Bergson, Herbert Spencer. Entendia a sua linguagem. Estava à vontade com eles. Não havia nenhuma razão válida para que viesse jamais à tona para respirar. Eu tinha a coisa toda em minhas mãos. Mas, como um garimpeiro solitário que topa com uma mina de ouro esquecida, eu tinha de pegar o que podia com as mãos nuas e subir à superfície em busca de ajuda. Era imperativo convencer os outros de que tal tesouro existia, implorar-lhes que voltassem comigo e se servissem à vontade.

O empenho para tornar conhecida essa grande descoberta acabou ficando tão difícil que quase esqueci qual era o meu propósito em voltar à vida. Não só me confrontei com ceticismo e ridículo, mas fui tratado como se tivesse perdido a razão. Meus amigos mais próximos e queridos foram os mais impenetráveis. De vez em quando eu topava com um estranho que me dava atenção e simpatia, mas por um motivo ou outro nunca voltávamos a nos encontrar. A impressão deixada por tais encontros era de que havia arautos de um outro mundo cujo destino era fazer contato momentâneo meramente para preservar a pequena centelha de fé.

Na ocasião em que estava maduro para outro "caso de amor" eu me achava tão machucado e atônito que era presa de qualquer um. Subitamente me vi mergulhado no mundo da música. E reagi com cada poro fremente. O efeito foi aquele de levar a alma para um banho turco. Quaisquer noções metafísicas que eu guardasse se evaporaram. Nesse processo perdi carne supérflua e, com a carne, uma variedade de irritações da pele.

Foi aí que a guerra dos sexos começou para valer. Seu talento musical, que era o ímã de atração, logo assumiu o segundo lugar. Era uma cadela histérica, lasciva, puritana, cuja racha se escondia debaixo de uma massa enredada de pentelhos que parecia ao mundo aquele chumaço de pelos dos saiotes escoceses. A primeira vez que meus dedos entraram em contato com aquilo foi numa noite durante nossos primeiros dias de paquera. Ela tinha se estendido sobre a calefação para se aquecer. Vestia apenas um roupão de seda. O tufo de cabelos no meio de suas pernas sobressaía tanto que era quase como se ela tivesse uma cabeça de couve-flor escondida debaixo da roupa. Para seu horror e espanto, eu botei a mão na coisa. Ficou tão assustada que achei que ia saltar fora da pele. Não havia nada que eu pudesse fazer a não ser pegar o chapéu e o casaco e... me mandar. No corredor, no alto das escadas, ela me alcançou; ainda tremia, ainda estava zonza, mas obviamente não desejava que eu partisse de maneira tão precipitada. Debaixo de um bico de gás tremeluzente eu a tomei em meus braços e fiz o melhor para amaciar seus sentimentos ultrajados. Ela correspondeu com abraços calorosos. Concluí que tudo estava bem de novo. (Mais alguns minutos, pensei comigo mesmo, e estaremos de volta no conforto do seu quarto fazendo mel.) Desabotoando meu casaco tão discretamente quanto possível, abri a braguilha. Então, suavemente, peguei sua mão e a fiz envolver na minha pica. Aquilo foi o clímax! Com um tremor ela afastou a mão e irrompeu num espasmo de lágrimas.

Deixei-a no corredor e, precipitando-me pelo longo lance de degraus, fugi para a rua. No dia seguinte recebi uma carta dizendo que ela desejava nunca mais me ver.

Poucos dias depois, no entanto, eu estava de volta. Novamente ela se estendeu sobre o aquecedor, vestindo apenas o roupão de seda. Desta vez tive um pouco mais de tato. Casualmente, assim parecia, corri meus dedos suavemente sobre o roupão. Sua mata espessa parecia cheia de eletricidade; os pentelhos se eriçavam duros e crepitantes, como uma palha de aço. Era necessário, nesta abordagem, manter uma torrente de conversa sobre música e outros assuntos elevados, enquanto a acariciava de maneira distraída. Recorrendo a esta artimanha eu a convenci, ou pelo menos achei isso, de que não havia nada nocivo em tal procedimento. Na cozinha, depois, ela me mostrou alguns truques que tinha aprendido no internato; estas incitações acrobáticas serviam, naturalmente, para revelar seu corpo em plena vantagem. Toda vez que seu roupão se abria, revelava o rico matagal de fungos que era seu orgulho secreto. Tantalizante, para falar o mínimo.

As coisas continuaram assim durante várias semanas até que ela esquecesse de si mesma. Ainda assim ela não se entregava completamente. Na primeira vez que se deitou para a coisa, insistiu para que eu tentasse fazê-lo através do seu roupão. Não só estava mortalmente receosa de uma gravidez, queria me testar. Se eu cedesse a suas vontades e caprichos, estaria mais do que disposta a confiar plenamente em mim. Era a sua lógica.

Gradualmente, muito gradualmente, ela começou a reagir como um ser humano normal. De vez em quando eu a visitava no meio do dia. Sempre tinha de oferecer a desculpa de que viera ouvi-la tocar piano. Nunca daria certo entrar e agarrá-la imediatamente. Se eu me sentasse num canto e a ouvisse atentamente, ela poderia parar no meio de uma sonata e chegar-se a mim por sua própria iniciativa, deixar-me correr a mão por sua perna e finalmente montar em mim. Com o orgasmo ela às vezes tinha uma crise de choro. Fazer aquilo em plena luz do dia sempre despertava sua sensação de culpa. (Do modo como ela falava, era como se deteriorasse sua técnica no teclado.) Enfim, quanto melhor a foda, pior ela se sentia depois. "Você não gosta realmente de *mim*," dizia. "Só está atrás de sexo." À força de repetir aquilo mil vezes, tornava-se um fato. Eu já estava farto dela quando legalizamos a relação.

Poucos meses depois do nosso casamento, sua mãe chegou para uma breve visita. Ouvira falar muito de sua mãe, na maioria das vezes coisas depreciativas. Evidentemente, nunca tinham sentido muito afeto uma pela outra. Com a mãe veio um *poodle*, uma gaiola de passarinho e duas grandes valises. Estranhamente, nos demos bem de saída, a mãe e eu. Achei-a uma atraente mulher de meia-idade, carnuda, jovial, deliciosamente tolerante e, embora não muito brilhante, cheia de compreensão. Gostava do jeito como ela cantarolava e assobiava enquanto cuidava de suas tarefas caseiras. Em suma, era uma pessoa "natural". Seus defeitos, triviais aos meus olhos, eram imensamente humanos e perdoáveis. Como estou dizendo, nos dávamos esplendidamente bem, o que era uma pena porque só tornava nossa vida conjugal bem mais difícil.

Quando a visita da mãe chegou ao fim, tivemos de prometer que a retribuiríamos em breve. "Façam uma viagem de lua de mel", ela disse rindo.

Para mim, a ideia de umas férias, não importava o pretexto, era exultante. Para torná-la uma realidade, eu sabia que teria de fingir desinteresse.

Minha tática foi tão bem-sucedida que não demorou e tive o prazer secreto de ouvir minha mulher insistindo comigo para viajar.

A casa de sua mãe era como uma casa de boneca: tudo impecável, caprichado, claro, alegre. Até a cidade era bonita, os vizinhos amistosos e hospitaleiros. Achei seu pai um sujeito simples e sereno que me aceitou imediatamente e me fez sentir à vontade.

Começou muito promissoramente, a lua de mel.

De manhã ficávamos horas na cama, o sol jorrando através das cortinas abertas, os pássaros cantando loucamente, as flores em pleno desabrochar, e, na cozinha, — era só pedirmos — o bacon e os ovos estalando na frigideira. O sentimento de ciúme que a mãe involuntariamente despertara durante sua estada conosco parecia ter desaparecido. A filha entregou-se de corpo e alma a foder, como se o fato de estar debaixo do teto paterno a contemplasse com uma absolvição longamente esperada. Para uma cadela puritana como era, ela seguramente soltou as rédeas. Às vezes eu tinha a sensação de que estava se jogando sobre mim só para provar à mãe que possuía uma atração sexual tão forte quanto qualquer outra fêmea, incluindo a mãe. Chegava até a flertar com os amigos maternos, um grupo de cavalheiros ávidos que estavam sempre à disposição da matriarca. Parecia ter até esquecido que eu via minha sogra com um olhar de aprovação. Ficou tão descuidada, na verdade, que de vez em quando me deixava por horas a fio, deixava-me sozinho com a mãe, enquanto vagabundeava pela cidade.

O inevitável aconteceu, naturalmente. Uma manhã, quando ela nos deixara a sós, a mãe decidiu tomar um banho. Eu estava sentado na sala, ainda de pijama, folheando preguiçosamente o jornal da manhã. Era um dia quente, ensolarado e os pássaros chilreavam doidamente. Podia ouvir sua mãe espadanando na banheira enquanto cantarolava para si mesma daquele jeito negroide encantador que sempre mexia com meu sangue. Comecei a pensar nela com tanta intensidade que minhas mãos começaram a tremer. Subitamente eu a ouvi me chamar, pedindo uma toalha. Apanhei a toalha, enxuguei seu corpo da cabeça aos pés, levantei-a e a carreguei até o quarto. Era uma foda maravilhosa, não preciso dizer.

Agora a lua de mel estava realmente em andamento. Eu fazia lua de mel por toda parte, primeiro com a filha, depois com a mãe. E tudo correu bem por um tempo, no melhor clima. Então, da noite para o dia, minha mulher começou a ficar desconfiada. Decidiu que deveríamos voltar para casa imediatamente. É claro que não manifestei muito entusiasmo com esta perspectiva. Os desaforos e implicâncias recomeçaram e se tornaram desagradáveis e azedos.

Brigamos tão amargamente que por fim decidimos nos separar. Ela tomaria o seu caminho, eu o meu. Saímos da casa juntos e no fim do quarteirão nos despedimos e seguimos em direções opostas.

Poucos dias depois, caminhando pela rua principal de uma cidade vizinha, topei com ela. Começou a chorar, no meio da rua, declarando que eu nunca a amara, nunca.

No fôlego seguinte, implorou-me para acompanhá-la até o quarto que havia alugado numa pensão. Queria discutir as coisas, disse. Fez a situação parecer extremamente imperativa. Sabendo que filho da mãe eu tinha sido, consenti. (Não que achasse que aquilo nos levaria a algum lugar.)

Para minha surpresa ela nada disse sobre a mãe; falou apenas sobre si mesma, que vida infeliz tivera e como ninguém jamais a entendera. Disse que queria amor, não sexo, e com isso nos agarramos. Quando terminou, continuamos deitados onde havíamos rolado — debaixo da mesa. Seus olhos estavam vermelhos, os cabelos caídos numa massa emaranhada. Parecia a imagem da dor e da histeria. Novamente começou a falar de si mesma, de sua própria personalidade incompreendida. Queria saber se eu achava que ela "não prestava". Parecia tão ridículo, saindo de sua boca, que não soube o que responder. Então começou a falar da mãe, como sempre receou que um dia se comportasse exatamente como ela. Implorou-me para admitir que sua mãe não prestava, forçou-me a prometer que nunca mais a veríamos, o que fiz prontamente, acrescentando que nada havia com que se preocupar, que seus temores não tinham fundamento, e assim por diante. Xarope calmante, em outras palavras.

De volta a casa outra vez, ela fez a descoberta alarmante de que estava grávida. Isso provocou uma severa depressão. Não queria ter um filho, pelo menos não ainda. Também não queria fazer um aborto. Estava totalmente apavorada. Apavorada de tudo, parecia-me.

Em desespero, sugeri que consultássemos sua prima, que eu havia conhecido e com quem simpatizava. Alice, era o nome da prima, tinha uma abordagem realista da vida. Segundo minha mulher, ela também "não prestava", mas num aperto a gente não podia ser muito exigente.

Não tivemos problemas em persuadir Alice a prestar-nos seus serviços. Ela voltou imediatamente, trazendo uma caixa de grandes pílulas pretas, um remédio tradicional. Havia banhos de mostarda a serem tomados com as pílulas, e isso e aquilo.

Era um anoitecer de verão sufocante quando Alice chegou. Nós três tiramos as roupas e ficamos sentados no escuro diante de uma jarra de cerveja, brincando sobre a situação. Sob a influência da cerveja quente, Alice logo jogou para longe as barreiras. Sentou-se no meu colo e começou a me beijar apaixonadamente. Tive de implorar à minha mulher para que a afastasse.

Quando Alice desmaiou, minha mulher estava a ponto de a estrangular. Quanto às pílulas, recusou-se a tocar nelas.

À medida que continuávamos vivendo juntos, as coisas pioravam. Tínhamos começado com o pé esquerdo e nada poderia endireitar a situação. Todo amigo ou conhecido de minha mulher estava destinado a traí-la. Seu orgulho e sua desconfiança me encorajavam. Mesmo quando eu levava o bebê para passear no carrinho, ela ficava de olho em mim. Tinha bons motivos, devo admitir, para ficar vigilante. Muitas vezes eu deixava a casa, com um ar inocente, empurrando o carrinho do bebê, para me encontrar com uma de suas amigas. Às vezes eu estacionava o carrinho do lado de fora do prédio de apartamentos e levava as amigas para dentro, debaixo das escadas, para uma rapidinha. Ou, se havia uma reunião na casa, eu saía com uma de suas amigas para comprar comida ou bebida e no meio do caminho a encostava numa cerca e fazia o que podia. Se não tivesse finalmente sido apanhado com as calças na mão acho que teria deixado a mulher totalmente louca. Era verdadeiramente abominável a maneira como a tratava, mas eu não tinha força alguma para agir de outro modo. Havia algo nela que inspirava a conduta mais desprezível.

A coisa estranha em relação a ela era que, quando queria se fazer sedutora, podia fazê-lo da maneira mais eficaz. Teria sido uma boa artista de *strip-tease*. Depois do divórcio, quando eu fazia visitas semanais para pagar a pensão, ela se tornava ainda mais sedutora. Estava sempre para se vestir quando eu chegava, ou preparando-se para tomar banho, ou saindo do banho para repousar por uns momentos no divã, vestida naturalmente num de seus quimonos de seda.

Nos demos melhor depois do divórcio. Pelo menos conseguíamos conversar. Éramos capazes de mostrar um toque de simpatia, bem como um senso de humor. Era como um estado de trégua permanente. Para alguém de fora, pareceria que estávamos namorando um ao outro de novo. Mas havia esta diferença: quando lhe fiz a corte da primeira vez, ela havia se comportado como uma puritana; agora, embora ainda se contendo, exibia seus encantos sexuais com habilidade. Por exemplo, quando tirava uma migalha de pão da minha braguilha, ela não pulava mais para trás com medo ao descobrir que eu tinha uma ereção. Agora, era capaz até de lhe dar um aperto brincalhão, observando à sua maneira seca, enquanto o fazia, que não havia jogo, mas dizendo aquilo de um modo jovial e não exageradamente casual, como se para implicar que, se eu fosse realmente bonzinho, se ficasse de pé sobre as patas traseiras e implorasse com jeitinho, ela poderia permitir certas liberdades que eu não tinha direito algum de supor que ela concederia. O mais importante era me lembrar de agir delicadamente. (Toque *nela*, se quiser, mas faça isso como um cavalheiro!) Não, eu não devia pensar que, porque um dia fomos marido e mulher, podia tratá-la como coisa fácil.

Naturalmente, depois de horas desse tipo de flerte pesado, as coisas ficavam um tanto íntimas. Pouco a pouco analisávamos sua anatomia juntos, explorávamos cada porção dela. Podia ser um caroço na sua coxa que precisava de inspeção, ou talvez ela estivesse engordando demais, será que eu me importaria de tocar nas suas nádegas, sopesando-as nas minhas mãos, ou alguma bobagem parecida, tudo se arrastando por muito tempo e com uma mistura, da parte dela, de timidez real e fingida. Eu tinha de saber exatamente como olhar para ela, como tocar nela, como sopesar seus seios ou as pesadas bochechas de sua bunda. Se manuseasse a barriga de sua perna do jeito certo — ou deveria dizer, com respeito? —, ela poderia levantar a saia e permitir que eu passasse a mão sobre suas coxas carnudas. Mas, se cometesse o erro de agarrar o seu matagal sem as devidas preliminares, ela baixava as cortinas pelo resto do dia.

Era tantalizante e desmoralizador. Pior do que isso, porque a criança que eu viera expressamente visitar era em geral rapidamente despachada. De vez em quando, também, a criança voltava para nos encontrar em meio a um embate apaixonado. Havia algo astuto e maligno nestas manobras. Assim como aprendera a mobilizar seu sexo, ela aprendera a mobilizar a criança. Eu queria a criança e queria aquela boceta pentelhuda dela que estava sempre pendurada diante de meus olhos como um pedaço de isca.

O pior de tudo era a despedida. Toda vez que eu me aprontava para partir, o chão parecia ceder debaixo dela. No vestíbulo, dizendo adeus, ela sempre parecia pronta para qualquer coisa. O que ela esperava cada vez, imagino, era que eu deixasse a outra mulher e retomasse a vida com ela, ainda que aquilo não se mostrasse muito promissor. O fato de que ainda nos sentíamos sexualmente atraídos um pelo outro só aumentava sua confusão e seu desespero. Quando chegava o momento do beijo de despedida no escuro do vestíbulo, a tensão se tornava lancinante. Eu podia fazer qualquer coisa nela — menos enfiar a coisa. Trancados nos braços um do outro, ficávamos ali interminavelmente, gemendo, suspirando, mastigando um ao outro vivo. Às vezes ela insistia para que eu me lavasse. Um estranho gesto de atenção! Como se para dizer: você não vai querer ser apanhado em flagrante! Ficava parada ao lado da pia, observando a operação, e com uma espécie de movimento etéreo, escovava meu casaco.

Durante um destes prolongados embates no vestíbulo — o último! —, ela foi tomada de uma emoção tão violenta que subitamente irrompeu em soluços, horríveis soluços, e, afastando-me de si com toda a força, correu para dentro e jogou-se no chão. Incapaz de sair de onde estava, ouvi com terror seu rompante brutal e incontrolável. Estava a ponto de correr para ela, de fazer uma rendição abjeta. ("Farei qualquer coisa, *qualquer coisa*, mas, por Deus, pare com isso!") Fiquei assim por alguns momentos, irresoluto, felizmente, mas abalado até as raízes.

Naqueles poucos momentos vivi um martírio completo.

Ela devia saber que eu estava indeciso, devia ter empenhado cada grama de vontade para me segurar. Mas fracassou.

— *Em frente!* — disse a mim mesmo. — Em frente a todo custo!

E segui em frente. Na rua, me pus a correr, temendo que ela me agarrasse de volta. Corri com lágrimas rolando pelo rosto.

Perto de casa, tive outra crise de lágrimas, desta vez de alegria. Alegria por ter encontrado aquela que eu amava de verdade. Alegria por ter entrado numa nova vida. A imagem de dor e histeria contorcendo-se no chão afastou-se. Tinha acontecido havia eternidades, numa outra vida. Só podia pensar naquela que estava à minha espera.

Passando por uma florista, fiquei pensando se deveria ou não escolher um buquê de violetas.

Ao subir os degraus continuava repetindo a mim mesmo:

— Nunca mais! Nunca mais!

Abrindo a porta, gritei seu nome. Nenhuma resposta. Uma lâmpada estava acesa sobre a mesinha de cabeceira. Debaixo da lâmpada havia um pedaço de papel. Soube imediatamente que havia algo errado.

Justamente o que eu pensava. Um breve bilhete, dizendo que ficaria fora por alguns dias, que não aguentava mais. Eu não devia procurá-la; ela voltaria assim que recuperasse a coragem. Nenhuma reclamação.

Desabei numa cadeira, agarrando o bilhete que eu já conhecia de cor. Para meu espanto, estava vazio de sentimentos. Estava completamente amortecido, na verdade. Tudo o que podia fazer era olhar vagamente para a parede. Poderia ter ficado sentado ali indefinidamente. Poderia ter até me transformado numa rocha, tão esvaziado estava de pensamento, vontade ou emoção.

Subitamente senti que não estava sozinho. Como uma planta, ergui lentamente o olhar. Lá estava ela, emoldurada pela porta. Durante vários momentos ficou parada com uma das mãos segurando a maçaneta, como se fixando a imagem na mente, de uma vez por todas. Então, impulsivamente correu para meu lado e jogou-se a meus pés.

Não havia palavras. Simplesmente nos encaramos, olhos nos olhos. Aquilo demorou um longo, longo tempo: um silêncio mais eloquente do que qualquer outro que eu jamais conhecera. Tudo o que éramos impotentes para dizer foi dito neste encontro frenético e mudo.

Não tenho lembrança de ter saído mais deste transe. Se fosse possível neste momento voltar à cena, estou certo de que ainda estaríamos lá, nós dois, os olhos saltando das órbitas, os dela colados aos meus, os meus colados aos dela.

Com a ida até Paris todo o quadro mudou. Homens e mulheres por toda parte, mas juntos. Boa comida, bons vinhos, boas camas. Os bulevares, os cafés, os mercados, os parques, as pontes e os buquinistas. E conversação! E bancos para descansar os ossos. E tempo para sonhar, se você quisesse...

A primeira coisa que a gente nota em Paris é que o sexo está no ar. Aonde quer que vá, o que quer que faça, você geralmente encontra uma mulher ao seu lado. As mulheres estão por toda parte, como flores. Fazem a gente se sentir bem, se sentir reintegrado ao nosso velho eu. Nos derretemos, nos entocamos na terra, brilhamos como um vaga-lume.

A promiscuidade sexual a que os americanos se entregam não parece animar-lhes o coração. Não os deixa mais abertos.

Que coisa estranha ouvir americanos discutindo a fêmea francesa! Como se tivessem todas a alma de prostitutas. Como são confusos quanto à verdadeira relação entre amor e sexo!

Um francês não se envergonharia de admitir que se apaixonou por uma puta. Aquilo poderia levá-lo à loucura, mas ele jamais encararia a situação como um americano. Se enlouquecesse seria por causa do amor, não por causa de escrúpulos morais. O americano, por outro lado, pode se emancipar de um modo tão estudado e deliberado a ponto de ignorar tudo o que uma mulher tem a oferecer, exceto o seu corpo. Ele tratará uma mulher excepcional como uma puta e se apaixonará loucamente por uma imbecil. Ou, presa do sentimentalismo, poderá tratar uma puta como uma rainha, com ou sem gonorreia. Poderá até extirpar totalmente o amor da sua vida, por medo de parecer romântico. O que o apavora mesmo é entregar-se de corpo e alma. A mulher americana, por conseguinte, é frequentemente uma criatura faminta de amor clamando pela lua. Fará um homem trabalhar até a exaustão para satisfazer seus tolos caprichos. Quando lhe dão rédeas livres, ela se torna verdadeiramente insaciável.

Paris é um daqueles lugares em que a fêmea americana ronda como uma gata no cio. Pode estar à procura do amor, mas acabará ficando com o sexo a qualquer momento. O estrangeiro acrescenta condimento ao prato que ela nunca havia provado antes. Pode dar-lhe a ilusão de amor e fazer a coisa parecer satisfatória. Certa vez conheci uma cantora de ópera americana em Paris que tinha se apaixonado por um jovem turco. Sabia que ele fodia com ela somente por causa do dinheiro que lhe regalava, mas gostava dele, gostava do jeito como a tratava quando faziam amor. Tinha um marido que, dizia, era generoso e sensato, mas que nunca fora um grande amante. Não que fosse indiferente ou impotente. Não, ele realmente gostava dela, e à sua maneira ingênua provavelmente acreditava que ela gostava dele. Não deixava de saber o que a impelia a viajar ao estrangeiro duas vezes por ano. Simplesmente fechava os olhos para a verdade.

Um homem assim é às vezes visto como um diabo cheio de consideração. A meu ver, ele não passa de um cáften que ilude a si mesmo. O que quer que se diga contra a mulher de tal indivíduo só evoca nossa simpatia. Dada meia chance, a mulher oferece todo o seu ser. É instintivo nela. Não no homem! Um homem geralmente é assolado por todo tipo de ideias perturbadoras em relação a amor, sexo, política, arte, religião e assim por diante. Um homem é sempre mais confuso do que uma mulher. Precisa da mulher, se não para outro propósito, ao menos para ser colocado em equilíbrio. Às vezes basta uma boa foda, limpa e saudável, para resolver a parada. Sim, às vezes uma foda honesta é tudo o que se necessita para dissipar a noção de que dirigir os afazeres do mundo não é exclusivamente responsabilidade *dele*. Os homens têm uma tendência para levar as coisas a sério, em vez de tragicamente. Estão sempre olhando além do nariz para coisas mais importantes do que têm à mão. O amor, quando ocorre, é algo para ser feito nos bastidores, por assim dizer. Para eles, o verdadeiro drama sempre acontece no palco do mundo.

perhaps, but more considerate. Even if they did not give the real thing ~~they gave~~ the illusion ~~of it.~~ When they fucked they fucked, and when they fell in love they loved. ~~They could keep the two things separate or fuse them, but~~ they remained human ~~beings in either case and~~ they could be reached with bare hands. I met an opera singer once in Paris who had fallen in love with a young Turk. She knew he didn't give a damn for her, she knew he was fucking her only for the money she ~~gave~~ him, but she liked him, she liked the way he treated her when he made love to her. She had a husband who was kind and considerate, but he ~~didn't know anything about love.~~ I don't mean that he was indifferent or impotent. He really cared for his wife, And ~~I suppose~~ in his dumb way, he thought that she cared for him. He ~~knew~~ what it was that drove her to Europe once a year. He closed his eyes to it. Some people ~~might~~ think of a man like that as being a wonderful ~~fellow~~, and perhaps he was, in his way. ~~But what stupidity, what blindness, what insensitiveness! And Also what selfishness!~~ He didn't mind what she did behind his back so long as it entailed no scandal— and, so long as she stuck to him. Let her find some one else, some one she loved, and he would fight her tooth and nail. A man like that, and there are many in ~~the~~ world, is just a self-deluded pimp. ~~And of course There's something wrong with the woman too, but I feel more sympathetic, more indulgent towards her.~~ A woman, if given ~~a chance~~, will give herself. ~~It's~~ instinctive with her. But a man ~~has~~ all kinds of ~~crazy~~ notions ~~about~~ love, sex, politics, art, religion, and so

O drama da parceria, que é o drama de todo homem e um dos mais vitais, só penetra na consciência do macho quando é confrontado com o divórcio. Se ele suportou o fogo da batalha, está apto a comparar o casamento a um inferno vivo. Tem de generalizar a respeito, transformá-lo num problema mundial. Se foi a mulher quem sofreu, ele garantirá que ela não o entendia, ou que estava totalmente equivocada. Ou pode colocar a culpa em nosso fracassado sistema econômico. Poucos homens parecem capazes de encarar sua relação com o sexo oposto como um conflito criativo. (O círculo, e dentro dele apenas *yin* e *yang* — que maravilha!) Sim, o amor é o ímã que une dois opostos. O que vai mantê-los juntos, isso ninguém pergunta. O amor cuidará de si mesmo. E ele o faz — morrendo uma morte natural.

Não vamos falar dos párias do amor! Todo domingo, no bulevar, podemos vê-los se arrastando... cheios de latas amarradas em seus rabos paternais.

O amor é o drama da inteireza, da unificação. Pessoal e ilimitado, ele leva à libertação da tirania do ego. O sexo é impessoal e pode ou não ser identificado com o amor. O sexo pode fortalecer e aprofundar o amor, ou trabalhar destrutivamente.

No meu julgamento, o sexo foi mais bem entendido, mais bem expressado no mundo pagão, no mundo dos primitivos e no mundo religioso. No primeiro, era exaltado no plano estético, no segundo, no plano mágico, e no terceiro, no plano espiritual. Em nosso mundo, onde apenas o nível bestial impera, o sexo funciona num vazio.

Estamos nos tornando cada vez mais neutros, cada vez mais assexuados. A variedade crescente de crimes perversos é testemunho eloquente desse fato. O assassino, como espécime patológico, é um alarmante derivado da raça degenerada que vem constantemente minando o tecido social. Emocionalmente deformado, só é capaz de estabelecer contato com o próximo derramando seu sangue.

Existem todos os tipos de assassinos entre nós. O tipo que vai acabar na cadeira elétrica é apenas o precursor de uma horda assustadora que aumenta cada vez mais. Num certo sentido, somos todos assassinos. Todo o nosso modo de vida está centrado na matança mútua. Nunca houve um mundo tão ávido por segurança e nunca a vida foi mais insegura. Para nos proteger, inventamos os mais fantásticos instrumentos de destruição, que se transformam em bumerangues. Ninguém parece acreditar no poder do amor, o único poder de que se pode depender. Ninguém acredita no vizinho, ou em si mesmo, menos ainda num ser supremo. Medo, inveja, desconfiança estão em alta por toda parte. *Ergo*,* vamos foder até estourar o cérebro, enquanto ainda há tempo!

Para alguns, o sexo leva à santidade; para outros, é a estrada para o inferno. Nesse respeito, é como tudo mais na vida — uma pessoa, uma coisa, um acontecimento, uma relação. Tudo depende do nosso ponto de vista. Para tornar a vida mais bonita, mais maravilhosa, mais profunda e satisfatória, precisamos olhar com uma visão fresca e clara

---

* "Portanto", "por isso", "logo", em latim. (*N. do T.*)

cada elemento que contribui para a vida. Se existe algo errado em nossa atitude em relação ao sexo, então existe algo errado em nossa atitude com relação ao pão, ao dinheiro, ao trabalho, em relação ao divertimento, em relação a tudo. Como pode uma pessoa desfrutar uma boa vida sexual se tem uma atitude distorcida e doentia em relação a outros aspectos da vida?

É difícil, quase absurdo, dizer a aleijados emocionais que a autoexpressão é o que mais importa. Não o que é expressado, nem como, mas simplesmente o fato de se expressar. Sentimos a necessidade de insistir com eles para que tentem qualquer coisa, se ela trouxer a autolibertação. Não há nada, fomos ensinados muitas vezes, que, em si, seja errado ou mau. É o medo de proceder errado, o medo de cometer este ou aquele ato, que é errado. "Medo é não cultivar por causa dos pássaros."

Hoje parecemos movidos quase exclusivamente pelo medo. Temenos até aquilo que é bom, que é saudável, que é alegre. E o que é um herói? Em princípio, alguém que conquistou seus medos. Podemos ser um herói em qualquer domínio; nunca deixamos de o reconhecer quando ele aparece. Sua virtude singular é que ele se unificou com a vida, se unificou consigo mesmo. Tendo deixado de duvidar e questionar, ele acelera o fluxo e o ritmo da vida. O covarde, *par contre*, procura obstruí-los. Não obstrui nada, é claro, a não ser a si mesmo. A vida continua, quer atuemos como covardes ou heróis. A vida não tem outra disciplina a impor, se apenas percebêssemos isso, em vez de aceitar a vida sem questionar.

Tudo aquilo a que fechamos nossos olhos, tudo aquilo de que fugimos, tudo aquilo que negamos, denegrimos ou desprezamos serve para nos derrotar no final. O que parece desagradável, doloroso, maligno, pode se tornar uma fonte de beleza, alegria e força, se encarado com uma mente aberta. Cada momento é uma mina de ouro para aquele que tem a visão de reconhecer isso. A vida é agora, cada momento, não importa que o mundo esteja cheio de morte. A morte só triunfa a serviço da vida.

Ao ler meus livros, que são puramente autobiográficos, o leitor deveria ter em mente que escrevo com um pé no passado. Ao contar a história da minha vida, frequentemente descartei a sequência cronológica em favor da forma de progressão circular, ou espiral. A sequência de tempo que relaciona um acontecimento a outro de maneira linear parece-me uma falsa imitação do verdadeiro ritmo da vida. Os fatos e acontecimentos que formam a cadeia de nossa vida são apenas pontos de partida ao longo do caminho da autodescoberta. Empenhei-me em traçar o desenho interior, seguir o ser potencial que era constantemente desviado do seu curso, que fazia círculos ao redor de si mesmo, se acalmava durante longos períodos, caía no fundo do poço, ou tentava em vão atingir os picos solitários e desolados. Tentei capturar os momentos quintessenciais em que o que quer que tenha acontecido produziu profundas alterações. O homem que conta a história não é mais aquele que experimentou os acontecimentos narrados. Distorção e deformação são inevitáveis no processo de *re-viver* a nossa vida. O propósito íntimo de tal desfiguração, obviamente, é captar a verdadeira realidade das coisas e dos acontecimentos. Assim, por nenhuma razão *aparente*, eu me reporto de vez em quando a um período não só anterior, mas sem relação alguma com o que é narrado. O leitor intrigado poderá muito bem se perguntar se estes ziguezagues no tempo não serão obra do capricho. Quem pode dizer? A meu ver, têm a mesma *raison d'être* de toda invenção. Dispositivos, certamente, mas analisá-los não nos leva a lugar algum. Uma súbita virada, um longo desvio entre parênteses, um monólogo maluco, uma digressão, um recorte da lembrança como um penhasco no meio da névoa — a própria instantaneidade do que for mata toda especulação.

Ninguém percorre uma linha reta através da vida. Frequentemente deixamos de parar nas estações indicadas no mapa dos trens. Às vezes saímos dos trilhos. Às vezes perdemos o caminho, ou subimos ao ar e sumimos como vapor. As mais tremendas viagens às vezes são feitas sem sairmos do lugar. No espaço de poucos minutos alguns indivíduos vivem o tempo da experiência total de um mortal comum. Alguns gastam inúmeras vidas no curso de sua estada cá embaixo. Alguns florescem como cogumelos, enquanto outros ficam irremediavelmente para trás, parados no meio do caminho. O que acontece de momento a momento na vida de um homem é para sempre insondável. Nenhum homem será capaz de contar toda a história, por mais limitado que seja um fragmento de sua vida que escolha relatar.

É somente esta aura do desconhecido, em que o combate real se trava, que me interessa. Ao descrever os fatos, acontecimentos, relações, até mesmo trivialidades, me esforço constantemente para levar o leitor a perceber a presença insistente daquele domínio obscuro e misterioso *na ausência do qual nada poderia acontecer*. Mesmo desde o início, quando comecei a escrever, tinha noção disso a que aludi, mas de uma maneira vaga e confusa. Sabia que não só minha própria vida, mas a de todo homem é interessante (uma palavra fraca!) se nos dermos ao trabalho de nos debruçar sobre ela. Percebi que relatar essa vida tinha importância (palavra falsa) porque era instrutiva — para mim mesmo ou para outros iguais ou desiguais a mim. Afinal, a arte de contar é apenas outra forma de comunhão. Mas apesar — ou seria por causa — da minha seriedade, da minha persistência e assiduidade, tudo o que consegui fazer foram uns poucos abortos, que felizmente jamais foram publicados. Durante este período de aprendizado os acontecimentos se empilharam com tamanha velocidade e em tanta quantidade que o escritor em mim foi praticamente submerso. Tudo o que escrevi até o *Trópico de Capricórnio* foi, como vejo agora, um esforço para dar uma partida, um esforço para começar a longamente adiada "confissão". Em outras palavras, muita quebra de gelo.

Havia apenas um livro que sempre quis escrever. O plano desta obra eu mapeei muito tempo atrás, durante um período de extrema angústia. Através de todas as minhas andanças, consegui me agarrar a estas anotações. O que era extraordinário, pois de tempos em tempos eu me via privado de tudo. Ainda que tivesse perdido as anotações, não teria importado:

tudo que acontecera comigo ficara gravado a fogo em meu cérebro. Eu vinha escrevendo esta única obra havia muitos, muitos anos — a maior parte em minha cabeça. Até agora apenas o volume final não foi publicado. Como o edifício final vai se configurar, ainda não sei.

Vivendo repetidamente estes episódios, vejo que o que se destaca são *momentos*, não fatos. Momentos e locais, e frequentemente olhares — certas expressões inesquecíveis que o semblante humano registra apenas uma ou duas vezes no espaço de uma vida. Quanto à cronologia, causa e acontecimento, o registro permanece, como a história em si, confuso e perturbador. Todo mundo escreve sua própria história dos acontecimentos mundiais. Se fosse possível comparar relatos, ficaríamos chocados ao descobrir que o histórico não possui nem realidade nem autenticidade, que o passado, privado ou universal, é uma selva impenetrável.

Com o registro biográfico ocorre quase o mesmo. Nossos meandros formam um labirinto capaz de interpretações intermináveis. Poucas chegam a alcançar o coração do labirinto. Confrontar o minotauro e assassiná-lo equivale a ser morto. Assim o passado é cortado e o futuro também. Nada do que aconteceu, nada do que poderá ou irá acontecer tem mais qualquer importância a ponto de pesar sobre nós. Contar um incidente de partir o coração se torna uma tarefa tão prazerosa quanto um bom movimento intestinal — ou uma viagem à Lua. Por que contar algo então? Por que continuar? Porque é um prazer gratuito. Levar uma vida divorciada dos livros e da confecção de livros, viver sem sexo, sem companheirismo humano, será coisa tão terrível? Até mesmo um escritor pode fazer isso, se souber conviver consigo mesmo. É o que quero dizer: aprendi a viver comigo mesmo. E a gostar disso.*

Seguimos nosso caminho pintando o mundo assim ou assado. Vamos em frente sem pensar contra um panorama que muda caleidoscopicamente. Ao nos arrastarmos pela vida, carregamos conosco imagens mortas de momentos vivos no passado. Até o dia em que encontramos... *ela*. Subitamente o mundo não é mais o mesmo. *Tudo* se alterou. Mas como pode o mundo se alterar num piscar de olhos? É uma experiência que todos conhecemos e, no entanto, não nos deixa mais próximos da verdade. Continuamos batendo na porta...

Certa vez vi um retrato de Rubens na época em que se casou com sua jovem esposa. Eram retratados juntos, ela sentada e ele de pé atrás dela. Nunca esquecerei a emoção que essa pintura me inspirou. Dei uma olhada longa e profunda no mundo de contentamento. Podia sentir o vigor de Rubens, então na pujança da vida; podia sentir a confiança que sua esposa muito jovem e muito adorável despertava nele. Senti que algum acontecimento íntimo avassalador havia ocorrido,

---

* "Dieu est le grand solitaire qui ne parle qu'aux solitaires et qui ne fait participer à sa puissance, à sa sagesse, à sa félicité que ceux qui participent, en quelque manière, à son éternelle solitude." (Léon Bloy). ["Deus é o grande solitário, que não fala se não aos solitários e que só partilha seu poderio, sua sabedoria, sua felicidade com aqueles que participam, de alguma maneira, de sua eterna solitude."] (*N. da E.*)

o qual Rubens, o pintor, se esforçara para fixar para sempre nesse retrato de felicidade conjugal. Sem conhecer a história de sua vida, não sei se viveu feliz com ela depois ou não. O que aconteceu subsequentemente ao momento registrado não tem importância para mim. Meu interesse reside totalmente naquele momento que me foi tão comovente e inspirador. Ele persiste imorredouro na minha mente.

De modo similar, sei que certas coisas que registrei em palavras são verdadeiras e imorredouras. O que ocorreu comigo ou com "ela" subsequentemente é de pouca importância.

Às vezes o relato de um episódio sexual comum é de grande importância, cheio de significado inimaginável. O fogo frio do sexo queima em nós como um sol; nunca é completamente extinto. Por isso talvez uma descrição nua do abraço físico pode nos transportar a um estado que transcende o erótico, pode criar em nós uma ilusão de estarmos escondidos da visão daquele que tudo vê, pelo menos por alguns momentos ofegantes.

Se parássemos de pensar na atividade incessante que ocupa a terra e os céus acima de nós, será que nos entregaríamos jamais a pensamentos de morte? Se nos déssemos conta bem no fundo de que mesmo na morte essa atividade frenética prossegue incessantemente sem remorso, seríamos capazes de nos conter? Os deuses da Antiguidade desciam à terra para se misturar com a espécie humana, para fornicar com animais e árvores e com os próprios elementos. Por que somos tão cheios de restrições? Por que não nos entregamos actuality, is of little importance. Something felt, something stated, something recorded in truth for eternity, that is what matters. Sometimes in the recording of a bald sexual incident great significance adheres. Sometimes the sexual becomes a writhing, pulsating facade such as we see on Indian temples. Sometimes it is a fresco hidden in a sacred cave, where one may sit and contemplate on things of the spirit. There is nothing I can possibly prohibit myself from doing in this realm of sex. It is a world unto itself, and a morsel of it may be just as destructive or beneficent as a ton of it. It is a cold fire which burns in us like a sun. It is never dead, even though the sun may become a moon. There are no dead things in the universe — it is only our way of thinking which makes death. When we look to find life we discover it in even the most inanimate object. Even the minerals, we now say, possess sensitivity. As for the corpse, does it not distribute itself among the greedy elements of the earth from which it sprang? The sexual life of the corpse — there would be a theme! How the corpse gives itself to nourish and propagate.

If men would stop to think about this great activity which animates the earth and all the heavens, would they give themselves to thoughts of death? Would a man withhold himself in any way, if he realized that alive or dead this frenzied activity goes on ceaselessly and remorselessly? If death is nothing, what then should we have of sex? The gods came down from above to fornicate with human kind, and with animals and trees, with the earth itself. Why are we so particular? Whey can we not love, and do all the other things which give us pleasure too? Why can we not give ourselves in all directions at once? What is it we fear? We fear to lose ourselves. As yet, Until we lose ourselves there can be no hope of finding ourselves. We are the world, and to enter fully into the world, we must first abandon it. It doesn't matter what road we take so long as we are giving of ourselves, so long as we are not holding on.

Sex and death.... I notice how frequently I couple them. I notice that when I try to think of a period which was truly pullulating I inevitably think of the Middle Ages. I think of this period often because never was death so rife nor life so full and abundant. For three centuries the plagues devastated Europe. Death came like a thunderbolt unintermittently. What happened? For one thing, a great religious fervor. For another fornication, fornication without let. Men and women storming heaven with their sexual apparatus. Was it immoral? Who cares? The constant presence of death gave men and women an insatiable hunger for life. Wars have the same effect: the birth rate jumps in great spurts, and with it the proportion of geniuses. When the human being is struck deep he responds. Perhaps the human being doesn't count; perhaps it is something deeper which responds through him — the life force.

With the Renaissance came the eruption of geniuses and monsters. The great ferment which had expressed itself through the communal-religious life of the Middle Ages broke its bounds and spilled out in individual

—60—

em todas as direções? Será medo de perder a nós mesmos? Até que nos percamos, não pode haver esperança de nos encontrarmos. Somos do mundo e para entrar plenamente no mundo precisamos primeiro nos perder nele. O caminho do céu nos leva através do inferno, é o que se diz. O caminho que tomamos não tem importância, contanto que deixemos de percorrê-lo com cautela.

Sexo e morte: noto com que frequência eu os acoplo. Sempre que tento pensar numa época em que a vida foi verdadeiramente pululante, eu penso na Idade Média. Nunca, em nossa história ocidental, houve um período em que a morte fosse tão abundante e a vida tão plena e rica. Durante três séculos a Europa foi devastada pela "morte negra". O resultado? Por um lado, um tremendo fervor religioso. Por outro, uma convulsão sexual. Fornicação sem limites. Homens e mulheres invadindo o paraíso com sua sanha sexual. *Imoral?* Que palavra vazia! O espírito do homem, confrontado com a imagem onipresente da morte, esparramou-se. Golpeie fundo e a mais pobre das criaturas reage. "Para o poeta, o êxtase final não conduz à luz diurna de Deus, mas à escuridão noturna da paixão." Às vezes a própria vida assume o poder, escreve seu próprio poema de êxtase, assinado "Morte".

Com o Renascimento veio uma erupção de monstros-gênios. O fermento que na Idade Média havia sido parcialmente canalizado (pela vida comunal-religiosa) estourou como uma pústula. O indivíduo investiu com fúria assassina. Estudando os retratos das grandes figuras da Renascença, os monstros gerados pela Igreja e pelo Estado, não podemos deixar de ficar impressionados com a malevolência estampada nestes semblantes. Nas incessantes guerras intestinas que floresceram, o assassinato era a ordem do dia. O amor incestuoso, especialmente nas altas esferas, era comum. E com ele, naturalmente, a adaga envenenada. No final do Renascimento inglês este tema mereceu uma expressão pungente na soberba tragédia de John Ford, *Pena que ela seja uma prostituta*. O indivíduo do Renascimento respira aqui seu último sopro.

Hoje o indivíduo está praticamente extinto. Hoje nós temos o robô, produto final da era da máquina. O homem funcionando como um dente de engrenagem numa máquina sobre a qual não tem nenhum controle. O trabuco que o gângster usa, seguro na fortaleza acolchoada da sua limusine, é simbólico do vácuo emocional em que os assassinatos são hoje perpetrados. A vítima não é mais um alvo isolado; ela e todos aqueles que se interpõem no caminho do assassino são metralhados para fora da existência. Que contraste com a peça de Ford, em que um joão-ninguém é apunhalado no escuro, confundido com outra pessoa. O efeito produzido por este assassinato acidental é maior do que aquele causado pelas outras matanças que recheiam a peça. Ficamos ultrajados pela morte desnecessária — ainda que seja a de um tolo.

Hoje populações inteiras são expulsas de seus lares ou exterminadas, e o mundo, ainda que chegue a se comover, é impotente para intervir. Hoje o sofrimento de milhões tem menos poder de nos sensibilizar do que o incêndio de um zoológico. O mundo está paralisado por medo e pavor. O homem que calcula a longo prazo, o robô deificado, está no comando. É seu papel, é sua missão, aparentemente, destruir a si mesmo, ou seja, a sociedade.

Nada do que vier a acontecer nestes próximos anos me surpreenderá nem um pouco. Quando o assassino branco americano se erguer sobre as patas traseiras e começar a cuspir e mostrar as garras, a Europa, aquele milenar cenário de carnagem, parecerá uma enseada de paz. Quando os diques cederem, e estão cedendo rapidamente, nada do que fizermos será fantástico ou diabólico demais — inominável demais, em uma palavra. Ainda agora o olhar no rosto americano é pervertido. Particularmente nas cidades. Sempre que entro no saguão de um cinema palaciano — um dos poucos lugares onde podemos encontrar paz e solidão numa grande cidade —, fico impressionado diante da completa ausência de relação entre o ambiente destes suntuosos locais de retiro e a mentalidade daqueles que trabalharam para produzi-los. Frequentemente, olhando para o homem de pé ao meu lado no mictório, um calafrio me percorre a espinha.

Estranhos lugares, estes retiros subterrâneos. Amortecidos e dopados, sentimos que se alguém tirasse as roupas e se sentasse num dos grandes tronos vistosos enfileirados ao longo das paredes ninguém tomaria conhecimento, nenhuma perturbação ocorreria. Muitas vezes imaginei uma cena destas... Um homem, qualquer homem comum, sentado no seu trono calmamente lendo o jornal; na sua boca um charuto apagado. Lê por algum tempo, depois dispara a arma escondida por trás do jornal que estava lendo — e o sujeito do lado oposto, que estava olhando para a Vênus Anadiômene, cai morto. Pondo-se de pé sem pressa alguma, o assassino se afasta em ritmo de passeio, dobrando cuidadosamente o jornal com seu buraco chamuscado e, ao subir à rua, com um ar indiferente o coloca debaixo do braço. Imediatamente se perde na multidão. Então faz uma parada numa cafeteria para tomar um café e uma rosca de trigo integral. (Ele também acredita que o trigo integral é melhor para o trato intestinal do que a farinha branca comum.) Preocupado com o coração, pede o seu café fraco. Descendo a rua poucos metros, espia um cachecol numa vitrina. O tipo de coisa que procurava para o inverno. Entra na loja e compra uma dúzia. Como ainda não é muito tarde — ele não dorme bem —, dirige-se a um salão de bilhar. Quase lá, muda de ideia. Preferia assistir a ...*E o vento levou*.

Estas figuras também têm uma vida sexual. A melhor que o dinheiro pode comprar. Sexo é o *hors d'oeuvre* que ele engole entre os seus assaltos. A *mina* bebe o coquetel e, se lhe subir à cabeça, é dispensada. Não há lugar para louras histéricas que o traem assim que você vira as costas. O único amigo da pessoa é o butim. Dinheiro! Dinheiro para torrar! Dinheiro significa poder. Poder significa sair impune do assassinato. Assassinato significa vida. *Ergo*, não fodam com seu cérebro!

E agora uma palavra ou duas (um rochedo na névoa da lembrança) sobre a Fifty-Second Street. Foi a caminho de casa certa noite, faz justamente 17 anos, que notei um local chamado A Tocha. A palavra "tocha" me pareceu possuir um tom feio. (Talvez eu estivesse muito irritado.) Ela me levou a pensar em Paris, na rue du Faubourg Montmartre. Pensei comigo mesmo que, ainda que os franceses empregassem a palavra "tocha" para designar um clube noturno, não teria a mesma conotação daqui. Poderiam até chamar uma boate de A Pica Flamejante, no Faubourg Montmartre, sem que isso provocasse muitos comentários. Se existisse um local chamado A Pica Flamejante em Paris, é provável que seria um lugar alegre e relativamente inocente. Podia ficar cheio de prostitutas, cáftens e gigolôs, mas você não se sentiria mal ali. Mesmo gotejando esperma, pareceria natural e bastante íntegro, em última análise. Possivelmente A Tocha também seja um local alegre e inócuo, mas tenho minhas dúvidas. Não gosto da palavra. Não gosto de entrar num buraco desses e encontrar uma fêmea americana durona com uma peruca ruiva e uma voz de uísque bafejando canções que deveriam queimá-lo por dentro. Não gosto da ideia de ficar todo excitado e depois descobrir que vou ter de desembolsar uma nota preta antes de poder me aproximar do fogo. Detesto cantoras de fossa que ficam sentimentais quando chega a hora de entregar a mercadoria. Me irrita pensar que um "corpo elétrico" pode se isolar à vontade. Isto nos faz sentir como um maluco lutando para atravessar um monte de asbesto.

Posso estar errado. Pode ser apenas um local calmo e inofensivo com luzes suaves, vozes dolentes e mãos com a palma macia como seda onde depositar notas de cem.

Quando penso em minhas caminhadas noturnas pelas supostamente sinistras ruas de Paris — a rue Pigalle, a rue

Fontaine, a rue du Faubourg Montmartre e outras, como tudo me parece tão inocente agora! (Como o idiota dizendo ao burro: "No friozinho da noite, quando a fodelança começar, vou estar lá!") Claro, havia puteiros por toda parte, e nas ruas e nos cafés as putas eram tão numerosas como diamantes de imitação. Talvez houvesse assaltantes à mão armada e vendedores de drogas, também. Mas era diferente... *não me perguntem por quê!* No balcão de um bar a puta de pé ao seu lado pode inventar de erguer a saia e mostrar-lhe a boceta, pedir-lhe que a acaricie e avalie. Nenhum quebra-quebra vai acontecer. Quando muito, um leve pito da ogra debruçada sobre a caixa registradora. Era permitido examinar e manusear a mercadoria antes da compra. Mais do que justo, não? Você podia sentir a vontade e agir, botar a mão num peito atraente e afagar um par de tetas apetitosas, enquanto a proprietária desse artigo enfiava uma cerveja goela abaixo. Ninguém ficaria ofendido. Caminhando para um hotel das redondezas com a dona das tetas, ela poderia pedir para parar um momento enquanto se agachava e fazia pipi. Caso um *agent* estivesse passando na hora, poderia dar uns gritos com ela, mas não a prenderia. A visão de uma mulher se expondo em público não lhe daria um ataque de nervos. Nem havia nada que te deixasse temeroso ao decidir levar meia dúzia de mulheres para um hotel com você, contanto que não criasse caso quanto à taxa extra para sabonete e toalhas. A *patronne* poderia até lhe dar um olhar de aprovação ao conduzi-lo a um quarto... Não consigo imaginar nada disso acontecendo na Fifty-Second Street em meio às tochas flamejantes, aos chapéus-coco marrons e às mesas com tampo de ônix. Posso, no entanto, imaginar coisas piores acontecendo por lá, se entendem o que quero dizer...

Previu-se muitas vezes que um novo e mais elevado tipo de homem surgirá um dia neste continente. Se for o caso, terá de ser a partir dos novos rebentos. A safra atual pode render um rico estrume, mas nunca dará uma nova raça. Viajando nos metrôs de Nova York, vejo a nova geração que brotou durante minha ausência, os jovens que já chegaram à maturidade e estão reproduzindo a sua espécie. Olho para eles como olharia para cobaias. Ainda fazendo os velhos truques. Em seus rostos está escrito: desesperança. Estavam perdidos desde o nascimento. É triste refletir, quanto melhores as condições, pior o resultado. Podemos ensinar-lhes a gerar jovens maiores, mais saudáveis, mas eles e sua prole foram marcados como peões a serem sacrificados num experimento sem sentido. De geração a geração, isso continuará, até que uma criatura isolada escape às mãos dos vivisseccionistas e inicie um mundo próprio. Vai ser preciso uma criatura muito astuta para conseguir escapar. As probabilidades são de mil contra uma. As probabilidades são de que as cobaias e seus vivisseccionistas serão varridos da terra muito antes disso. As probabilidades são de que alguma criatura estranha e inaudita, algum esquecido *homo naturalis*, assuma o controle. Um ser, digamos, para o qual todo nosso progresso e invenção não significa absolutamente nada. Um ser que fará sua morada em árvores ou cavernas — e cultivará uma tendência à preguiça tão fodida que talvez seja engolido por sua própria merda.

*Bravo!*, eu digo, falando estritamente por mim mesmo. Deixem-no provar ser o bastardo mais sujo que jamais andou por este continente, nem um murmúrio de mim! Se ele demonstrasse nada mais do que a capacidade de viver e gozar a vida sem os ditos sangrentos e sangrantes "progresso e invenção", eu o saudaria triunfalmente. Ele seria realmente um tipo excepcional capaz de nos convencer de que a vida, aqui neste continente ou em qualquer parte da terra, pode ser vivida sem trabalho escravo e degradação, sem recurso a tortura, perseguição, armas letais e assim por diante.

Acredito que isso um dia acontecerá. Tentamos todos os outros caminhos e chegamos invariavelmente a um estado de extrema infelicidade, de extrema desesperança.

Uma transformação radical poderia muito bem começar aqui neste vasto continente, pois este é o cadinho, a feroz fornalha em que a alma do homem está sendo submetida à provação máxima. Se a Europa está envolvida num jogo perdido, nós estamos em outro jogo ainda mais perigoso. Estamos mais próximos do fim, mais enterrados em todos os aspectos.

Acima dos dramas nacionais e raciais que convulsionam o mundo, um drama maior está sendo encenado: o drama mundial. Se seus membros componentes participam ou não, toda alma viva está envolvida. Não é mais a história que está sendo feita; a presente conflagração vai rolar até que a velha ordem do homem seja liquidada. Pouco importa que a guerra atual, quente ou fria, termine amanhã ou daqui a

50 anos. Haverá mais guerras pela frente, cada uma mais terrível do que a outra. Até que todo o edifício apodrecido seja completamente demolido. Até que nós (*homo sapiens*) não sejamos mais.

Quando escrevi estas páginas pela primeira vez (1940), eu vinha fresco de um mundo havia muito enterrado, um mundo tão diferente de qualquer outro que conhecemos, que sua existência antiga pertence mais à lenda do que à realidade. Entre as ruínas que agora são Knossos e Micenas eu poderia vagamente imaginar o outro modo de vida que os homens viveram no passado fabuloso. Que tenha morrido é quase impossível acreditar. Que quase nada do espírito glorioso que animava estes nossos ancestrais nos anime hoje em dia é ainda mais difícil de entender. Que houve épocas ainda mais maravilhosas do que quaisquer daquelas de que ouvimos falar, não tenho a menor dúvida. Embora todo traço delas esteja hoje perdido, nós levamos a sua lembrança em nosso sangue.

É minha convicção de que aquilo que escolhemos chamar de civilização não começou em qualquer daqueles pontos no tempo que nossos sapientes, com seu limitado conhecimento e compreensão, fixam como auroras. Não vejo fim e começo em parte alguma. Vejo a vida e a morte avançando simultaneamente, como gêmeos siameses colados pela cintura. Vejo que, não importa o estágio de evolução ou degeneração, não importam as condições, o clima, o tempo, não importa se há paz ou guerra, ignorância ou cultura, idolatria ou espiritualidade, existe sempre e apenas a luta pela afirmação do indivíduo, por seu triunfo ou derrota, sua emancipação ou escravização, sua libertação ou liquidação. Esta luta, cuja natureza é cósmica, desafia toda análise, seja científica, metafísica, religiosa ou histórica.

O drama sexual é apenas um aspecto parcial do drama maior perpetuamente encenado na alma do homem. À medida que o indivíduo se torna mais integrado, mais unificado, o problema do sexo cai na perspectiva adequada. Os genitais são impressos, por assim dizer, a serviço de todo o ser. Existe procriação simultânea em todas as esferas. O que é novo, original e fecundo deriva apenas de uma entidade completa. Podemos foder não só com coração e alma, como dizemos, mas como um novo ser. Um novo ser é produto de uma mente criada através do desejo, do amor e da expiação, não através da gestação no ventre. Aqueles que ainda não nasceram estão ao redor de nós, trancados no ventre do tempo; quando nossa fome pela verdadeira vida se aprofunda, sentimos sua presença e providenciamos a sua chegada.

Repetidas vezes, declarei que não existe saída para o impasse atual. Remendar as coisas é fútil. Deve existir uma vida nova, a partir das raízes.

Tudo caminha de mãos dadas. A sanidade nada tem a ver com concessão e artificialidade. Se vivemos como doninhas, fodemos como doninhas; se nos comportamos como monstros, morremos como monstros. Hoje comemos, dormimos, trabalhamos, nos divertimos — e até trepamos! — como autômatos. É a Terra da Submissão, com todo mundo rodando como pião.

Para viver, devemos não só estar despertos, mas ser despertados. Se estivéssemos realmente acordados, ficaríamos chocados com o horror da vida cotidiana. Ninguém em posse de suas faculdades mentais seria capaz de fazer as coisas que exigem de nós a todo momento do dia. Somos todos vítimas, quer no topo, na base ou no meio. Não há escape, nem imunidade.

"Devemos viver bem à parte, esquecendo", dizia Lawrence. Ele tentou e fracassou. Não conseguimos viver à parte, nem esquecer.

De vez em quando, no longo curso da história humana, um indivíduo *conseguiu* romper as amarras e seguir sua maneira de vida singular. Mas que espetáculo raro! Apenas um punhado — pensem nisso! — chegou a romper o bolor.

Ainda mais trágico, mais irônico, é o exemplo dos imitadores, que nunca tentaram levar suas próprias vidas, mas, igual a escravos, copiaram os donos. Por mais claros que os poucos grandes exemplos tenham sido, até os espíritos mais audazes deixaram de entender. Seguir, não liderar, esta é a maldição do homem.

Foi este punhado de Exemplares que, apesar do nosso fracasso em compreendê-los, afetou mais profundamente o curso da vida humana. Estudando o desenho de suas vidas, nós observamos o espírito humano em revolta, emancipando-se da servidão do mecanismo de ilusão-e-delusão.

Não ir até o fundo, este é o erro fatal do homem. Como diz Jean Guéhenno: "*La vraie trahison est de suivre le monde comme il va, et d'employer l'esprit à le justifier.*"\*

Somente quando fixamos nosso olhar nestas figuras vulcânicas podemos começar a estimar a pressão das forças aparentadas à morte que nos detêm em suas garras. Só então nos damos conta do que é necessário de coragem e imaginação, de ousadia e humildade, para cortar a trama estranguladora de desespero e derrota que nos envolve. Não há conforto ou consolo a se comparar com aquilo que nos é oferecido pelo exemplo destes poucos raros espíritos.

Apesar de todos os reveses que a história registra, apesar da ascensão e queda das civilizações, apesar do desaparecimento de raças e continentes, algum edifício invencível e sustentáculo, que é a verdadeira habitação do homem, existe. Quando percebermos isso, entraremos. Não teremos de demolir o mundo antes.

Assim como os rios são engolidos pelo oceano, todos os caminhos menores devem acabar cedendo para o caminho maior, chamem-no como quiserem. Moral, ética, leis, costumes, crenças, doutrinas — tudo isso é de pouca importância. Tudo o que importa é que o miraculoso se torne a norma. Mesmo agora, por mais contrariados e frustrados que estejamos, o miraculoso nunca está totalmente ausente. Mas quão grotescos, quão canhestros e desajeitados são nossos

---

\* *Caliban Parle*, de Jean Guéhenno: Éditions Grasset, Paris. ["A verdadeira traição é seguir o mundo do jeito como ele anda e empregar o espírito/a mente para justificá-lo."] (*N. do T.*)

esforços para induzi-lo. Todo engenho, todo trabalho penoso gasto nas invenções, que são encaradas como maravilhas que operam milagres, deve ser considerado não só como mero desperdício, mas também como um esforço do homem para impedir e evadir o miraculoso. Entulhamos a terra com nossas invenções, nunca sonhando que possivelmente sejam desnecessárias — ou desvantajosas. Criamos espantosos meios de comunicação, mas chegamos a nos comunicar uns com os outros? Movimentamos nossos corpos de um lado para o outro em velocidades incríveis, mas será que chegamos realmente a deixar o lugar de onde partimos? Mentalmente, moralmente, espiritualmente, estamos encalhados. O que realizamos ceifando cadeias de montanhas, domando a energia de rios poderosos ou deslocando populações inteiras como peças de xadrez, se nós mesmos continuamos as mesmas criaturas inquietas, infelizes e frustradas que éramos antes? Chamar tal atividade de progresso é extrema ilusão. Podemos obter sucesso em alterar a face da Terra até que ela pareça irreconhecível ao próprio Criador, mas se não formos afetados, qual é o sentido disso?

Atos que possuem sentido não exigem nenhuma agitação. Quando as coisas estão se esfacelando, o ato mais intencional talvez seja sentar-se e ficar quieto. O indivíduo que consegue perceber e expressar a verdade que existe dentro de si pode ser considerado aquele que realizou um ato mais potente do que a destruição de um império. Nem sempre é necessário, além do mais, proferir a verdade. Embora o mundo se faça em pedaços e se dissolva, a verdade subsiste.

No princípio era o Verbo. O homem o encenou. Ele é o ato, não o ator.

*Podemos* viver com alegria — devemos! — em meio a um mundo povoado de criaturas tristes e sofredoras. Que outro mundo existe em que podemos gozar a vida? Eu sei isso, que não mais representarei pelo ato de representar, nem agirei só para me mostrar ativo. Também não posso considerar necessário ou inevitável o que ocorre em nome da lei e da ordem, da paz e da prosperidade, da liberdade e da segurança. Vendam tudo isso aos hotentotes! É para mim extremamente horrendo engolir isso. Tenciono fazer minha própria reivindicação, pequena, mas minha. Por falta de um nome para ela, vou chamá-la — *pro tem*\* — A Terra da Foda.

Já fiz menção a este domínio bizarro. Falei dele como um "Interlúdio." Eu o menciono de novo porque, mais do que nunca, ele agora tem um toque de realidade. Neste domínio sou o monarca incontestável. Louco varrido, talvez, mas só porque 999.999.999.999 outros pensam diferente de mim. Onde outros veem raízes de aipo, couve-rábano, pastinaga e nabo amarelo, eu detecto um novo broto — o germe de uma nova ordem.

O que a vida sexual do homem pode ser sob uma nova ordem supera o que minha fraca imaginação é capaz de descrever. Conhecemos algo do frenesi e do êxtase que caracterizam os ritos e cerimônias dos pagãos e primitivos; conhecemos algo também da arte e da delicadeza que go-

---

\* Do latim, *pro tempore*, "provisoriamente". (*N. do T.*)

vernam o ato do amor entre os devotos orientais. Mas nunca vimos ou ouvimos falar de um povo livre da superstição, do ritual, da idolatria, do medo ou da culpa.

Alguns foram livres em algumas destas áreas, outros em outras áreas. Nem mesmo na época do Rei Artur, e foi uma época gloriosa, o homem se mostrou livre.

É nossa vida dos sonhos que oferece uma chave às possibilidades reservadas para nós. No sonho é o homem do tempo de Adão, uno com a terra, uno com as estrelas, que vem à vida, que passeia pelo passado, presente e futuro com igual liberdade. Para ele não existem tabus, leis, convenções. Seguindo o seu caminho, não é impedido pelo tempo, pelo espaço, por obstáculos físicos ou considerações morais. Dorme com sua mãe tão naturalmente quanto com qualquer outra. Se for com um animal do campo que satisfaz seu desejo, não sente nenhuma revolta. Pode possuir sua própria filha com igual gozo e satisfação.

No mundo de hoje, acorrentados, aleijados, paralisados por todo tipo de medo, ameaçados a cada passo por castigos reais ou imaginários, quase todo desejo que buscamos expressar parece errado ou maligno. O eu verdadeiro conhece a diferença; no momento em que fechamos os olhos, nós nos entregamos desenfreadamente a todas estas ânsias proibidas. No sonho, apesar de todo o arame farpado, os precipícios, as armadilhas, os monstros que estão à nossa espreita, nós seguimos em frente. Quando nossos desejos são baldados ou suprimidos, a vida se torna mesquinha, feia, cruel e mortal. *Justamente como ela é*, em outras palavras. Afinal, o mundo que habitamos é apenas a imagem refletida do nosso caos interior. Nossos curandeiros, ou juristas fanáticos, ou pedagogos penitentes e mistificadores que dominam o cenário gostariam de nos fazer acreditar que, para participar de uma vida em sociedade, o ser selvagem, primitivo, como chamam o homem natural, tem de ser manietado e agrilhoado. Todo ser criativo sabe que isto é falso. Nada jamais foi alcançado prendendo, imobilizando, agrilhoando, algemando um ao outro. Nem o crime nem a guerra, nem a luxúria nem a cobiça, nem a maldade nem a inveja são assim eliminados. Tudo o que se consegue, em nome da Sociedade, é a perpetuação da grande mentira.

Supor que, a não ser que reprimidos pelo medo do castigo, os homens se porão a matar e saquear, a sodomizar e torturar *ad infinitum* é injuriar a raça humana. Dados apenas meia oportunidade, os homens expressarão o melhor que existe neles. Certamente erupções de violência tendem a ocorrer sempre que há um novo impulso de liberdade. Algum tipo de justiça crua tende a se manifestar sempre que os pratos da balança se desequilibraram demais. Quer vocês gostem disso ou não, existem épocas em que alguns espécimes da raça humana pedem para ser varridos da terra, e são varridos, ao menos por bondade, decência e reverência para com aqueles que estão por vir. Existem épocas em que alguns desgraçados só merecem uma coisa: ser jogados aos lobos. De vez em quando os verdadeiros traidores da raça *devem* ter extirpados seus direitos e privilégios profanos, seus bens desonestos e ilegais, e ser enxotados como cães.

Estes atos de vingança serão repetidos muitas vezes, enquanto houver supressão e opressão. Não me interpretem mal, não são os grandes de espírito que advogam estas ações! Mas os desafortunados também decidem, de vez em quando. Ninguém é pequeno ou insignificante demais para ser ignorado, caso se queira alcançar um equilíbrio saudável.

O espírito do homem é como um rio que procura o mar. Provoquem-no e aumentarão a sua força. Não considerem o homem responsável por suas terríveis explosões! Condenem a força da vida! O espírito que nos move pode assumir qualquer disfarce: pode dar-nos a aparência de anjos, demônios ou deuses. A cada um a sua escolha. Não há obstáculo no caminho do homem, a não ser seus próprios temores espectrais. O mundo é nosso lar, mas ainda precisamos ocupá-lo; a mulher que amamos nos espera, mas não sabemos onde a encontrar; o caminho que trilhamos está debaixo dos nossos pés, mas nós não o reconhecemos. Quer fiquemos na Terra muito ou pouco tempo, os poderes à nossa disposição são ilimitados.

Tiramos proveito da nossa estada *ici-bas*? Que maravilhoso seria se pudéssemos dizer, como o Buda: "Não obtive o mínimo da iluminação completa e inexcedível e, justamente por esta razão, ela se chama 'iluminação completa e inexcedível'."

Posso imaginar um mundo — porque sempre existiu! — em que o homem e a besta escolheram viver em paz e harmonia, um mundo transformado todo dia através da magia do amor, um mundo livre da morte. Isto não é um sonho.

O dinossauro teve o seu tempo e foi embora para sempre. O homem da caverna teve o seu tempo e não existe mais. Os ancestrais da presente raça ainda rodam por aí, desprezados, abandonados, mas ainda não enterrados. São todos eles lembranças — de coisas que foram e de coisas por vir. Eles também tiveram seus sonhos, sonhos dos quais jamais acordaram.

Nunca houve um sonho de vida esplêndido demais, deslumbrante demais para se encaixar na imagem da realidade. Aqueles que temem estão condenados; aqueles que duvidam estão perdidos. O Éden do passado é a Utopia do futuro. Entre intervalos do presente interminável, do agora, em que as coisas são do jeito que são, e justamente porque é assim e não de outro modo, possuímos tudo o que desejamos, tudo de que precisamos, como o peixe no oceano... pois é num oceano que estamos nadando agora, num vasto e profundo mar, que abarca tudo o que poderíamos um dia saber, perceber... e não é isto o bastante?

É quando estou sozinho, caminhando pelas ruas, que experimento a sensação das coisas: passado, presente, futuro, nascimento, renascimento, evolução, revolução, dissolução. E o sexo em todo o seu *pathos* patológico.

Cada país, cada cidade, aldeia e vila tem o seu clima e atmosfera sexual. Em alguns lugares ele permeia o ar como esperma fino e vaporoso; em outros está empastado nas paredes das moradias, até das casas de culto. Aqui, como um tufo de grama nova e fresca, exala um perfume doce e tônico; ali, espesso como felpa e esparso como pólen, gruda-se em nossas roupas, enfia-se em nossos cabelos, entra pelas orelhas. Às vezes sua ausência é tão chocante que a simples sensação de um bafo dele é eletrizante. (Como chegar diante de uma vitrina numa rua escura e encontrar 23 garotas brancas bem acordadas sob a luz impiedosa de uma fileira de lâmpadas.)

O jeito de falar das pessoas, seu jeito de andar, seu jeito de vestir, seu jeito de comer e onde comem, seu jeito de olhar umas para as outras, cada detalhe, cada gesto que fazem revela a presença ou ausência de sexo. E existem ainda os assassinos do sexo — a gente os reconhece instantaneamente em qualquer lugar.

De vez em quando, em minhas caminhadas, coincide que vou passando no momento exato em que um manequim será ajeitado. Lá está a grande boneca, nua como cera, exposta à visão geral. O vitrinista acabou de colocar os braços ao redor dela a fim de a mover para lá ou para cá. Impressionante a aparência viva de um manequim! Não só vivo, mas levemente lascivo. Quanto ao vitrinista, tudo nele sugere o agente funerário.

Andando a esmo à noite, sempre me parece que os bairros mais decrépitos de uma cidade são mais vivos, mais intrigantes do que os bulevares brilhantemente iluminados, onde os manequins, reais e artificiais, estão vestidos com esmero. Tomem Grasse como exemplo. Pode ser aterrorizante e sedutora depois do escuro. Contra a base da colina, onde os pobres estão amontoados como vermes, as ruas parecem dispostas como papelotes de cabelo. A cada esquina existem pilhas de lixo cercadas por gatos sarnentos comendo até se fartar. No verão as portas são ornadas por velhas megeras desdentadas que ficam sentadas e mexericam à luz mortiça de um lampião de rua. Acima do cacarejar das velhas pode ser ouvida de vez em quando a gargalhada áspera de uma prostituta. O efeito é teatral. Encontrar uma puta desmazelada esparramada numa soleira de porta, suas coxas expostas, as pernas e braços bem abertos, é uma visão inflamatória que a sujeira e a esqualidez do ambiente só servem para acentuar. Vagamos atordoados, voltando repetidas vezes à figura pesada com as pernas abertas como um compasso e nos globos oculares dois carvões negros queimando.

Onde quer que exista um rio, uma praça de mercado, uma catedral, uma estação ferroviária, um cassino, arde este fogo de pântano que engrossa o sangue e deixa a boca seca.

É uma coisa natural gravitar em direção das luzes brilhantes quando chegamos a uma cidade grande depois do anoitecer. Meu instinto é rumar para os lugares escuros, onde o silêncio é pontuado por gritos vulgares, gargalhadas roucas, palavrões e grunhidos sem nexo... ou de vez em quando um soluço. O som de alguém soluçando atrás das venezianas de uma janela me reduz a cinzas. Não só fico profundamente comovido, mas também muitas vezes sexualmente excitado. Uma mulher soluçando no escuro em geral significa uma mulher implorando por amor. Eu digo a mim mesmo que seus soluços logo serão sufocados por um abraço apaixonado; espero para ouvir os gritos e gemidos que se seguem.

Passando de casa em casa, de janela em janela, minha esperança desesperada é avistar uma mulher dando boa-noite a si mesma num espelho trincado. Se apenas eu pudesse captar aquele último olhar antes que o lampião seja apagado!

Por toda a terra existem lugares colocados à parte, onde homens e mulheres se contorcem e remexem em camas de pedra, suas testas febris cobertas por suor, seus cérebros aturdidos tomados por esperanças fúteis e sonhos vingativos... Novamente vejo aquela cidadezinha no Peloponeso com sua masmorra dando para o porto; tudo está mergulhado profundamente no sono exceto este lugar horrendo, uma gaiola de pedra e ferro que arde com uma luz sinistra, como se as próprias almas dos condenados estivessem em chamas. Ao pé dos muros, onde todas as vielas retorcidas chegam a um fim, vi um casal entrelaçado num abraço eterno. Nas proximidades, mordiscando feliz os arbustos, um bode estava ancorado. Observei-os por algum tempo, o bode e os amantes alheios ao mundo, depois caminhei até o cais onde um velho marujo de barbas brancas com cara de doido estava sentado banhando os pés. Seu olhar, cravado no Argos distante, era aquele de um homem esperando avistar o velocino de ouro.

Em sua solidão, no seu sonho de amor ou falta dele, os perdidos sempre vagueiam pela beira da água. No imenso turbilhão da noite, a agonia sibilante dos atormentados é abafada pelo marulho até do mais pequenino riacho. A mente, esvaziada de tudo, menos do quebrar das ondas, tranquiliza-se. Rolando com as águas, o espírito que estava atormentado fecha suas asas.

As águas da terra! Niveladoras, sustentadoras, consoladoras. Águas batismais! Depois da luz, o elemento mais misterioso da criação.

Tudo passa com o tempo. As águas persistem.

Fevereiro-abril de 1957<br>Big Sur, Califórnia

Este livro foi composto na tipografia Minion
Pro, em corpo 12/17, e impresso em
papel off-white no Sistema Cameron da
Divisão Gráfica da Distribuidora Record.